JN246404

現代作家アーカイヴ 2

自身の創作活動を語る

武田将明　飯田橋文学会［編］

谷川俊太郎

横尾忠則

石牟礼道子

筒井康隆

東京大学出版会

Archives of Contemporary Japanese Writers 2:
Literary Careers in Their Own Words
Shuntaro TANIKAWA, Tadanori YOKOO,
Michiko ISHIMURE and Yasutaka TSUTSUI
Masaaki TAKEDA and Iidabashi Literary Club, editors
University of Tokyo Press, 2017
ISBN 978-4-13-083072-0

はじめに

本書は、飯田橋文学会の編集する〈現代作家アーカイヴ〉書籍版の第2巻になる。〈現代作家アーカイヴ〉とは、現代日本文学を牽引する作家をお招きし、公開インタヴューという形で、ご本人の選定した代表作三つを中心に執筆活動を振り返っていただく企画であり、飯田橋文学会、UTCP（東京大学総合文化研究科・教養学部附属　共生のための哲学研究センター）上廣共生哲学寄付研究部門、および東京大学附属図書館によって運営・実施されている。加えて、二〇一七年度からは、東京大学国際総合日本学ネットワーク（Global Japan Studies）の協力も得ている。飯田橋文学会について、さらには〈現代作家アーカイヴ〉の目的・理念については、本シリーズの第1巻に掲載された平野啓一郎さんによる「はじめに」をご参照いただきたい。

第2巻に登場するのは、第4回から第7回のインタヴューで話を伺った、谷川俊太郎さん、横尾忠則さん、石牟礼道子さん、筒井康隆さんである（なお、筒井さんへのインタヴューの模様は、『文學界』二〇一七年一月号にも紹介されているが、本書の内容はこれとは別に編集したものになる)。この順番には、特別な意図はない。しかし結果として、高橋源一郎さん、古井由吉さん、瀬戸内寂聴さんという、現代日本を代表する小説家のインタヴューを集めた第1巻に対し、第2巻は、詩人、美術家、ルポルタージュ色の強い作家、SFと純文学を越境する作家と、さまざまなジャンルの方々の声を収録することになった。この四人の名前が一冊の本の表紙に並ぶのは、これが初めてではないだろうか?

あるいは、いま本書を手に取っている方も、この組み合わせに少なからず戸惑いを覚えているかもしれない。果たして、石牟礼道子さんと筒井康隆さん両方の大ファンという方はいるだろうか(いたら素敵だが)。しかしぜひ、臆せずにすべてのインタヴューを読んでいただきたい。本書の編集に名を連ねる者として、改めて四篇を通読したわたしは、この先達たちに優しく励まされている気分になった。四人のお話の共通点をひとつだけ挙げるならば、みなさん自然体で活動している、ということだ。一心に作家・芸術家を目指して努力を積み重ねてきた、というより、あまり目標もはっきりしないまま、好きなことに情熱を傾けているうちに、気がついたら世界的な名声を得てしまったように見える。ここには、すでに功業を成し遂げた余裕から生まれる謙遜も含まれているかもしれない。しかし同時に、これは意外と真実なのかもしれない、とも思う。

はじめに

日本人は気質が内向きで世界と勝負しない、としばしば言われる。日本の国際的な地位が低下するにつれ、その傾向はますます強まっている、どうにか「グローバル人材」を育てなければ、この国の未来はない、といった声も聞こえてくる。しかし、「国際的な地位」という言いまわしが端的に示すように、むしろ日本社会は〈外〉ばかりを気にして自縄自縛になっているのではないか。少なくとも、本書に登場する四人の世界的な作家・芸術家は、自分や自国の「地位」や「立場」を気にする人たちではない。興味を惹かれるものはなんでも取り込むことで、自然と越境し、個性を開花させている。筒井さんの創作にかつての役者修行が役立っている話や、石牟礼さんが「狂女」と呼ばれた祖母から多くを学んだ話などが、その例である。また、谷川さんほどの大詩人が、パチンコ店やラブホテルを建築する会社のために詩を書くように言われ、頭を抱えつつ、同時に楽しんでいるのも、いい話だな、と思う。そして横尾さんが、三島由紀夫、アンディ・ウォーホル、ジョン・レノン、黒澤明のような多ジャンルの天才たちと親しく交流できたのも、勝ち負けや自他の区別にこだわらず、感性を刺激するものへと素直に近づいたからだろう。作家・芸術家を目指す人でなくとも、こうした生き方を参考にすれば、多少は生きづらさから解放されるのではないか。

やや説教くさくなってしまったが、本書に収められた四つのインタヴューは、いずれも興味深いエピソードや、印象深い言葉に溢れている。ぜひ、ページをめくって作家・美術家たちの生の声を感じていただきたい。そしてここに挙げられた本や芸術作品のどれかを読み、鑑賞してほしい。本書が、読者のみなさんと現代文化との距離を近づけ、みなさんの人生にいくらかの彩りをあたえることができれば、企画者としてこれほど嬉しいことはない。

最後に、簡単ながら感謝の言葉を述べておきたい。まず、谷川さん、横尾さん、石牟礼さん、筒井さんに。みなさん、インタヴュー時には八十代であり、横尾さんは難聴を押して、石牟礼さんは病気で身体の自由の利かないなか、ご協力いただいた（なお、石牟礼さんのインタヴューは、おすまいの熊本にて、非公開の形で実施した）。ちなみに、事前に司会者を自宅に呼んで打ち合わせた方もいたと伺っている。その情熱に感謝します。また、的確な質問で、これら偉大な作家・美術家の等身大の姿を引き出すことに成功した、司会のロバート キャンベルさん、平野啓一郎さん、田口卓臣さん、都甲幸治さんにも御礼申し上げたい。さらには、企画を進める際、仲介の労をとってくださったみなさま。なかでも渡辺京二さんには、石牟礼さんへのインタヴューに際し、特別のご高配を賜った。震災後の熊本、そして水俣を訪れた経験は、取材者三人（田口卓臣さん、平野啓一郎さん、わたし）にとって重い意味をもち続けるだろう。次に、運営に協力いただいた、飯田橋文学会（サウンズグッドカンパニー）、東京大学附属図書館、UTCPのスタッフ、さらには手伝いに駆けつけてくれた学生たち。そして忘れてならないのが、本シリーズの刊行に長いあいだ執念を燃やしてこられた、小暮明さんをはじめとする東京大学出版会のみなさま。本当にありがとうございました。

二〇一七年十一月

武田将明

（追記）〈現代作家アーカイヴ〉に関心を持たれた方は、ぜひ飯田橋文学会のホームページ（http://iibungaku.com）をご覧ください。過去のインタヴューの動画の一部を無料で閲覧できます。今後のインタヴューについては、飯田橋文学会のツイッターをフォローすれば、早めに情報を得ることができます。なお、インタヴューと関連して、学生を主体とした読書会を定期的に開催しています。興味のある方は、右記のホームページの問い合わせ（Contact）ページからご連絡ください。

目次

未完にして終わる、
そこから僕は自由に動き始める

「眼鏡と帽子のある風景」(1965)
「Y字路」(2000以降)
「豊島横尾館」(2013)など

[聞き手]平野啓一郎

081

横尾忠則

誰か聞き取っておかなければ、私が書いてみようと始めた

『苦海浄土』（第一部1969／第二部2004／第三部1974）
『椿の海の記』（1976）
『あやとりの記』（1983）

［聞き手］**田口卓臣**

石牟礼道子　159

言語以前の存在に触れる詩が書きたい

谷川俊太郎

＊

「二十億光年の孤独」
（1952）

「あなた」
（1982）

「さようなら」
（2007）

［聞き手］
ロバート キャンベル

谷川俊太郎

✷

Tanikawa Shuntaro

一九三一年、東京生まれ。詩人。五二年第一詩集『二十億光年の孤独』を刊行。六二年「月火水木金土日の歌」で日本レコード大賞作詞賞、七五年『マザー・グースのうた』で日本翻訳文化賞、八三年『日々の地図』で読売文学賞、九三年『世間知ラズ』で萩原朔太郎賞、二〇〇五年『シャガールと木の葉』で毎日芸術賞、〇八年『私』で詩歌文学館賞、一〇年『トロムソコラージュ』で鮎川信夫賞、一六年『詩に就いて』で三好達治賞を受賞。詩作のほか、絵本、エッセイ、翻訳、脚本、作詞など幅広く作品を発表。詩集に『愛について』『定義』『はだか』『詩人の墓』、エッセイ集に『散文』『「ん」まであるく』『風穴をあける』など。

ノートに書いた詩を父親に見せる

キャンベル　この〈現代作家アーカイヴ〉は、現代の作家たちの話を聞きながら、その映像と音声を収録[*1]し、国内はもとより世界中に発信して、そしてそれを未来へとつなげていくものとして企画したものです。

まず、お誕生日おめでとうございます。谷川さんは十二月十五日が誕生日で、（二〇一五年に）八十四歳になられたんですね。

谷川　はい。この頃こういう集まりで誕生日が近いと、バースデーケーキというのを出してくれるのですが、去年からろうそく一本になったんですよ（笑）。つまり、八十何本立てても一息で消せないじゃないですか。だから気を利かせてくれたんじゃないかと。

キャンベル　そうですか。谷川さんは十代の頃からずっと詩をお書きになっていて、十代の終りに華々しくデビューをされていますね。

谷川　いや、別に華々しくなかったんですよ。みんな、何かそういうふうに言うんですけどね。いまだったらテレビとかで華々しくデビューできたんだろうけど、当時はあまり話題にもならなかったという感じです。

＊1　映像と音声を収録　飯田橋文学会のウェブページを参照。http://iibungaku.com/

キャンベル　当時というのは、谷川さんが十九、二十歳ぐらいですね。お父様である哲学者の谷川徹三[*2]さんが、この息子はどうやら大学に進みそうにないと行く末を案じた。けれども、谷川さんがノートにたくさんの詩をお書きになっていたのを、お父様がご覧になったということですね。

谷川　はい。戦争中、僕は中学時代に京都に疎開していました。

キャンベル　お母様の実家ですね。

谷川　そうです。文化的なギャップなんかがあって、どんどん学校嫌いになってしまい、東京に戻ってついに高校でドロップアウトしちゃったんですね。担任の先生が、「このままでは君は卒業できない」、「定時制ならば卒業させてもらえるかもしれない」というので、そこに変わりました。一応高校の卒業資格はあるんですが、とにかく大学に行く気はしなくて。一人っ子だから、何か制度のなかにいるのが居心地悪いんですね。でも僕は東大をちゃんと受験はしたんです。

キャンベル　それは初耳です。

谷川　そうでしょう。それで、なにしろ初めから入学する気がないわけですから、試験の用紙が配られると真っ先に提出するんです、白紙のままで。するとみんな、「あいつはできる」と思うらしいんですよ（笑）。

キャンベル　そうですね、その瞬間。

谷川　もちろん受かりませんでしたけども。それで父親は大学関係者でしたから、大学に行った方がいいと思っていたんでしょう。業を煮やして、「どうするつもりだ」と。そう言われたときに、僕は友達に誘われてノートに詩をぽつぽつ書いていたものを見せるしか無かったわけです。それを父に見せたんです。

父は哲学を勉強した人だけど、絵描きさんや小説家の知り合いが多くて、そっちの方がむしろ好きな人だったんですね。それで当時、有名な三好達治[*3]さんとも知り合いだったものですから、私の書いたノートを持っていってくれて。三好さんが認めてくださって、『文學界』という商業的な文学誌に紹介された[*4]というのがスタートなんです。

キャンベル　お父様の愛情を感じます。一人っ子でいらしたのですよね。

谷川　愛情かな。僕がノートを出したら、それに「○」とか「△」とか「×」を付けるんですよ。これはいいとか、これはだめとか。

キャンベル　採点をする。

谷川　そう。「◎」なんか付いていてね。当時は若かったから、「なんだ!」と思って怒っ

＊2　**谷川徹三**　一八九五‐一九八九年。哲学者。法政大学総長。カント、ジンメルの翻訳や、思想・芸術・文学など広範な評論活動を行う。著作に『茶の美学』、『雨ニモマケズ』など。

＊3　**三好達治**　一九〇〇‐六四年。詩人。詩集に『測量船』、『駱駝の瘤にまたがつて』、評論集に『萩原朔太郎』など。

＊4　**『文學界』[…]紹介された**　一九五〇年、『文學界』一二月号に「ネロ　他五編」が掲載。

たんだけど、後で見てみると非常に正確な評価でした。彼はちゃんと詩がわかっていたんだと見直しましたけど。

ラジオ作りが好きだった少年時代

キャンベル　お母様は音楽に造詣が深い方でいらっしゃいますね。

谷川　当時の上野の音楽学校、いまの東京藝術大学です。そこのピアノ科で習っていました。

キャンベル　谷川さんがインタヴューやご自分のエッセーのなかで何度も語られているんですが、小さいときは鉱石ラジオや飛行機の模型を作ったり、工作少年だったのですね。

谷川　そうなんですよ。僕はすごく不器用なくせに、手を使って何かを作るのが好きで。詩を書き始めたときも、友達に誘われただけで僕は詩なんかろくすっぽ読んでないんです。だから、その頃もラジオのハンダ付けとかそっちの方が大事だって感じでした。戦時中から戦後にかけてですね。

キャンベル　ちょうど敗戦の年は十三歳ですか。想像するに、その時期の谷川家ではお父様が哲学者であり、お母様の音楽もあり、そして谷川さんご自身はいろいろなパーツを買ってきてラジオを作るというご関心があって、非常に感覚器官が満たされる少年時代だったのではないでしょうか。

谷川　そうですね。後になって考えると、僕は本当に恵まれた環境で生まれ育ったなという気がしています。

キャンベル　東京は杉並区でずっとお育ちになったんですね。当時はかなり周りに自然が残っていて、畑があったりしたのではないですか。

谷川　うん、もう自分のうちから富士山が見えていました。周りは畑と田んぼでしたね。だから小学校は近くの杉並第二小学校だったんだけど、冬は凍った田んぼの上を横切って通っていました。

受注生産で生計を立てる

キャンベル　戦後の『文學界』デビューから間もなく、『二十億光年の孤独』という最初の詩集をお出しになります。一九五二年ですから戦後の占領期です。そんな時代にあって、一番センスの鋭い、日本のモダンな感性をたたえる青年としてのイメージが、われわれにはあります。戦時中にも言葉との出会いはあったと思うのですが、どのあたりから「自分の言葉を作りたい」、「言葉で遊びたい」と思ったのでしょうか。

谷川　詩を書き始めて、初めて原稿料というものをもらったんですね。それは思いがけないことでした。つまり、自分がノートに書き散らしていたものがお金になったことは、何

現代日本を代表する詩人・谷川俊太郎が二十一歳で上梓した第一詩集を、日・英の二カ国語版で文庫化！「二十億光年の孤独」「ネロ」「はる」など、詩人の原点である名作が詰まった一冊。名詩人のデビュー作を二ヶ国語で文庫化。（本書紹介より）

『二十億光年の孤独』
（創元社、一九五二年／英訳も収録、川村和夫・W．I．エリオット訳、集英社文庫、二〇〇八年、「二十億光年の孤独」所収）

か社会での一つの役割を持ったという感じがして責任があると思ったんです。

それでも、そのときはまだ「本当に詩はどういうものであるべきか」とかは本を読む程度で、自分ではそんなに考えていなかったんです。ただ、やはり最初にそういう商業文芸誌に紹介されたという幸運のおかげで、読者というものを若い頃から意識していました。人に理解してもらった方がいい、感動してもらえればもっといいという気持ちで、ずっと書き続けてきたものですから。

なにしろ僕は大学を出てないから、他に能が無いわけです。つまり、お勤めなんかできないわけですね。だから、そういう自由業としての大変さは、若い頃からずっと感じていました。いまから思うと、「資本主義社会のなかで、詩もやっぱり一種の商品だ。である以上は、できるだけちゃんとした、いい商品を作らなきゃいけない」みたいな意識が、気が付いてないけどあったんじゃないかと思うんです。

キャンベル　まずノートに詩を書いて、お父様がそれを添削したというのは初めて知りましたが、それが三好達治さんを経由して、不特定多数の読者たちの前に現れるわけですね。一九五〇年のことだったと思うのですけれども、そこでもう読者を得ることになるのですね。

谷川　読者を得るというよりも、二十代の頃の僕はどうやって暮らしていくかということが最大の問題だったわけです。とにかくお金をもらわなきゃいけない。いい詩を書くというよりも先に、ちゃんと生活をしなければという気持ちがすごく強かったですね。その頃はまだ独身でしたけど、結婚したらもちろん自活しないといけないわけですから、詩の意識よりもそういう生活の意識の方が強かったと思うんですよ。

とにかく注文があれば書けるものは全部書くということで、詩のほかに映画の脚本とか歌の歌詞とか、フォト・ストーリーに文章を付けるとか、そういうことをずっとやってきたという感じです。だから、わりと一貫して受注生産でやってきたんですよ。それは非常に運がいいことなんですけどね。

キャンベル　受注生産と聞くと商業的なもので、どちらかというと大衆に迎合するような形を思い浮かべるわけですが、敗戦後の四、五年の時点で、もう詩の筆一本で実際に立つということの大変さは、私を含めて想像できないと思います。しかし、谷川さんは最初から詩で食べていくということを考えていらしたのですね。

谷川　うーん、詩だけでは食べられないことは意識していましたから、書く仕事であればできることは何でも受けていましたね。

キャンベル　集計用紙に受注したいろいろなものをぎっしりと書いていらしたと。

谷川　そんなこと、なんで知っているんですか！

キャンベル　ファンですから（笑）。集計用紙には依頼されたこと、そして締め切りが書かれていて、一つ出来上がると消していく。そういう非常に几帳面な作者だと。

谷川　そうです。意外に僕はあまり締め切りに遅れない方なので、編集者に「つまんない」と言われますけれど。

キャンベル　いえいえ、そんなことはないです。締め切りを守らない人には、爪の垢を煎じて飲んでいただきたいくらいです。岩波書店にいた方が、長い編集者生活のなかで締め切りの一カ月前に原稿が届くのは谷川さんだけだと言っていました。

谷川　きっと僕は臆病なんですよ。

戦後の現代詩との距離感

キャンベル　そういうふうに十代の頃から自ら詩を書いて、発表されていった。「純粋詩」

という言い方があるとすると、その純粋詩の作り手としてよりも、生活をしていく方便として考えておられた、ということですね。

谷川　はい。だから当時、僕が新聞の注文で詩を書くと「新聞なんかに詩を書くとは何事か」と言われました。

キャンベル　戦後の現代詩と言えば、『荒地』[*5]とか。

谷川　『荒地』が一番有名ですね。それから『列島』[*6]という左翼系のものがありました。

キャンベル　谷川さんは最初から、そうしたグループの構図のなかには自分の身を置かないことを決めていた？

谷川　そうですね、僕はなにしろ一人っ子で、何でも一人でやってきて、それで学校が嫌いになったぐらいだから、同人誌というものにも入りたくなかったんです。詩は一人で書きたいということがあって、誘われてちらっと入ったことはあるんですけれども、いわゆる詩壇というものにある距離を置いてずっと書いてきているんですね。

キャンベル　そのあり方が、たぶん谷川さんの詩の内容世界にも投影されている。

＊5　『**荒地**』　一九四七年九月から四八年六月まで同人誌として刊行された詩誌。田村隆一、鮎川信夫ら戦争体験を経たモダニズムの詩人たちが結集。

＊6　『**列島**』　一九五二年三月から五五年三月まで刊行された詩誌。関根弘、木島始らが集合し、政治的前衛と芸術的前衛の融合をはかる。

谷川　そうかもしれません。

キャンベル　人にべったりしない、ノンコミット、ディタッチメントと言いますか、ある距離を置いて、人々をずっと眺める関係性ということを考えるところが、詩の世界のなかにもあるように思います。

「二十億光年の孤独」——宇宙のなかの自分の座標

キャンベル　今日、三作を選んでくださったんですが、お父様が三好さんに渡したノートのなかにあったという「二十億光年の孤独」という詩を、ぜひ朗読していただきたいと思います。

谷川　この時代はまだ、宇宙の大きさが一三七億光年ではなくて、二十億光年だったんです。僕はそんなに天文学に興味があったわけではないんだけど、その程度の知識はあって。それから、もしかすると火星に知的生物がいるかもしれないという、ちょっと面白い時代だったんです。そういうことを踏まえて書いた詩です。

二十億光年の孤独

谷川俊太郎

人類は小さな球の上で
眠り起きそして働き
ときどき火星に仲間を欲しがったりする

火星人は小さな球の上で
何をしてるか　僕は知らない
（或はネリリし　キルルし　ハララしているか）
しかしときどき地球に仲間を欲しがったりする
それはまったくたしかなことだ

万有引力とは
ひき合う孤独の力である

宇宙はひずんでいる
それ故みんなはもとめ合う

宇宙はどんどん膨んでゆく

それ故みんなは不安である

二十億光年の孤独に

僕は思わずくしゃみをした

キャンベル　この詩は代表作としてよく知られています。

谷川　いま宇宙に関する知識というのは、この頃と比べて格段に違ってきていますね。それでも、この詩集をいまだに増刷してくれるのが不思議です。科学的知識と詩というのは、もちろんどこかでつながっているんだけど、違うものだなあと思います。

キャンベル　これが一九五〇年。日本はまだ占領期で、主権回復をしていない。日本の科学が再建される前夜の作品なのですね。

谷川さんは、宇宙が膨張したり、そのなかで私たちの惑星がどういうものかを科学とは別に詩の世界で表現されました。ここから五年ぐらいすると、手塚治虫[*7]さんが、宇宙がどう膨張しているかといったことを題材として漫画やアニメ作品を発表します。あるいは、この時期から、日本の絵画、音楽のなかでクリエーターたちがそういうことに取り組んできます。

谷川　僕はなにしろ一人っ子なものですから、つまり兄弟がいないので喧嘩とかせず、そういう人間関係であまり悩まずに育ってきたわけです。思春期になって自分のことをいろいろ考えるようになったときに、人間社会のなかの自分よりも、宇宙のなかの自分というところにどうも気持ちが行って、それで自分の座標を決めたいと思ったんですね。

その頃は東京の杉並区に住んでいたわけですけど、その杉並区というのは東京都にあって、東京都は日本にあって、日本はアジアにあって、アジアは地球の一部でというふうに自分の周りをだんだん拡大していくと、最終的に宇宙に行ってしまうわけです。その宇宙のなかに自分という人間が一人いるんだという座標の決め方をしたのが、この詩のもとになっていると思うんです。だからその頃、僕が恋愛をしていたり、あるいは友達と喧嘩していたら、こういう自分の捉え方はしなかったかもしれないなと思いますね。

キャンベル　この詩の真ん中にくる「万有引力とは　ひき合う孤独の力である」というところは、当時の若い人たちにもかなり訴求力を持ったのではないでしょうか。引力というものは引き合う力である。地球人と火星人は引き離されているけれども、その力の働きでつながっている。宇宙に対する寂しい感覚があって、何かそういう結び合いたいという気持ちが感じられる気がしますね。

谷川　「ネリリし　キルルし　ハララして」というのは何だ、とよく聞かれるんですけど、

＊7　手塚治虫　一九二八 - 八九年。漫画家、アニメーション監督。作品に『鉄腕アトム』、『火の鳥』など。

これは自分では火星語のつもりなんです。その頃、宮沢賢治の童話に相当はまっていたんですね。宮沢賢治はカタカナで面白い造語をいっぱい作っています。たぶんその影響だなって、いまになって思います。

キャンベル 私は勝手に「寝ること、起きること、働くこと」と想像していたんですけど。

谷川 意味としてはそのとおりなんです。

キャンベル 詩としての技法では、これは当時、非常に新しかった。こういう読者の目を眩ますと言いますか、耳を眩ますという言い方はおかしいんですけれども、つまりノンセンスな、意味がそのままずっと通らない、ちょっとした段差を作ったりされています。

谷川 まあ、最後の「くしゃみ」というのがそういう働きをしていますね。

キャンベル この「ネリリ」、「キルル」、「ハララ」を読み返しているときに、ラジオで何か雑音が入って、そこの部分だけが聞こえないというように思えました。火星人が何をしているかというと、雑音が入って一番大事なところは聞こえない。「寝る、起きる、ん、何？でも、それは確定できない」というところが、私たちの想像をかき立てる感じもします。

谷川 なるほどね。

キャンベル そういう宇宙への関心はどこで収束するのでしょうか。

谷川 いや、ずっと一貫してあります。まあ、本当に初歩的な知識で、理系の人間じゃないんでノーベル賞の話を聞いても全然わからないんですけれども。要するに、通俗的な知識としてはずっとフォローはしているんですね。

日本語という豊かな土壌に根を下ろす

キャンベル　「一人っ子である」ことについて何度か言ってくださったんですけれども、「詩人を目指す、詩人になる、詩人であり続ける」ことはかなり内向的な取り組みで、自らを俯瞰することがないと、たぶんできないと思います。同時に、それは言葉を紡いでは送り出すという循環のなかにいることですね。多くの詩人がそうした自らの営みを語るときに、「自己表現」という言い方をすると思います。谷川さんは、そのあたりはいかがでしょうか。

谷川　僕は母親に百パーセント愛されたという自覚が本当にあるんですね。だから非常に安定した幼年時代を送っていて、それがその後、非常に生きやすい自分を作ってくれたと思っているんですよ。戦後の若い人たちは、みんないろいろな傷を持っていたり、左翼系な人たちも多くて、日本を変えていかなきゃいけないみたいなことを考えている人たちがいっぱいいたんですけど、僕はわりと自分に自足していたと言うのかな。

だから、自分の恨みつらみみたいなものを書くということは一切なかったんですね。それが自分の内面になかったから。でも周囲の友だちを見ていると、自分の内面の相当深いところの恨みつらみを、どうにか言葉にしようとしている詩人たちが多かった。その頃は比較できなかったんだけど、いまになってみると自分はやはりそんなに自己表現ということで詩を書いていなかった。むしろ他者との関わり方の、何か一つの道具みたいな形で詩を考えていたのかなと思います。

キャンベル　そうすると、いま読んでくださった詩が、本当にそのまま詩人としての谷川さんの姿をあらわしているのですね。

谷川　そうかもしれません。

キャンベル　人との関わりで内面的に大きな違和感や挫折というものもなく育ち、そして詩人となって、六〇年代から七〇年代には少しスランプと言いましょうか、書きづらい時代もあったり、それから私生活においては結婚と離婚を繰り返し、そのなかでさまざまな経験をなさったと思います。そうした生活のなかから詩を作っていく肥やし、「肥やし」という言葉はあまり軽々しく言いたくないんですけれども、そういうものはあったということでしょうか。

谷川　離婚した妻たちに申し訳ないですね。

キャンベル　谷川さんの詩に「あなた」とか二人称がたくさん出て来るんですけれども、読むたびにどういう女性がそこにいるのかと思います。

谷川　女性だけじゃないですけどね。でも一番気になるのが、やっぱり自分の一対一の関係での相手です。読者というものを僕はわりと早くから意識はしたんだけど、それは漠然とした読者というよりも、具体的なある一人の人が自分の詩をどう受け取ってくれるのかということが中心で発想していたんじゃないかと思うんですね。

キャンベル　それは作る段階からですか。それとも作ったものを見て、それをある一人の人にということですか。

谷川　いや、作る段階からです。つまり言葉を選ぶときに、「これは独りよがりの言葉じゃないだろうか」ということをつねに考えていました。現代詩というのは、新しい言葉、新しい言い方をずっと求めてきたと思うんです。僕自身もそれははっきり求めてはいるんだけど、ごく普通の生活者に伝わらないのは困るという意識がどこかにある。それで、ちょっと実験的な現代詩も書いているんですけども、そういうときは読者に伝えるということをいったん自分から外して、つまり読者のことを考えずに書くんだみたいな意識で書いていたことはあります。

初期の段階で、坂上弘[*8]さんという作家と僕は知り合いだったんだけど、彼が僕のことを書いてくれたときに、「谷川は通俗ということを所有している」と。ちょっと不思議な書き方なんですけど、つまり通俗な面があるというふうに言ってくれた。詩というのは「通俗的ではだめだ」というのが主流だったわけじゃないですか。でも僕はそこが違っていて、

＊8　坂上弘　一九三六年 - 。小説家。小説に『初めの愛』、『優しい碇泊地』など。

普通の人間の生活にどこかで根ざしていないと詩としては面白くないと思って書いていました。だから、坂上さんがそこを指摘してくれたのはすごく嬉しかったんです。

キャンベル　いまの「通俗」ということですけれども、それは独りよがりではない言葉を発見することであり、言葉を「作る」というよりも「拾ってくる」ということだと思います。そうすると、いわゆる日常茶飯事が詩の題材になったり、一番身近な存在としての仲間や家族、妻であったり、場合によっては子どもだったり、そういう人たちのことも詩のなかに投影するということですね。

谷川　そうです。

キャンベル　そこはけっこう難しいところがある気がするのです。というのも、いまでは私たちはみんなソーシャルメディアを使っていて、ブログを書いたりフェイスブックに投稿したりするのですが、自分がいまやっていることは、そのことがメインなのか、後でフェイスブックに上げるためなのか時々わからなくなっている。私たちはそういうメディア環境、あるいは社会空間にいると思うんです。そのあたりのことは、ご自分の経験ではいかがでしょうか。

谷川　うーん。だから僕は最初から、自分の生活をちゃんと立てるのがまず一番であって、詩はその後で来るとずっと思ってきているんですね。いまでもそれははっきりしていて、自分がきちんと生活する、その「きちんと」にはいろんな意味があるけれども、具体的に生活するうえで詩を書くというふうに、私のなかではなっているんです。

詩が先にあって、抽象であれ具象であれ、何でもいいから素晴らしい言葉を組み合わせて、一種のイデーとか思想というのに到達しようという意識はなかった。そうではなくて、自分が日本語という非常に豊かな土壌に根を下ろしている、これは後になってですけど、そんなイメージで考えるようになったんです。

その「日本語」というのは、もう本当に地理的にも歴史的にも多様で豊かで、そこには日常会話から何から全部入っているわけですね。だから、そういう日本語に根ざして書くということがたぶん自分にとっては大事だと、ある時間が過ぎてから自覚するようになりました。

キャンベル　谷川さんがずっと書き続けて来られたなかで、特に六〇年代に入ってから、日常的な言葉の面白さや不思議さを意識的に特化して書かれるようになったのではないかと思います。三十歳ぐらいのときだと思うんですけれども、「月火水木金土日のうた」を書いていらっしゃいます。これが楽曲になるわけですね。

谷川　そうです、歌になるんです。

キャンベル　非常に軽快な面白い歌で、その年のレコード大賞の作詞賞も受賞なさっています。六〇年代のなかで、谷川さんも世の中のことをある距離を置いて、ごく普通の言葉を使って書かれています。

谷川　そうですね。週刊誌から「毎週一編、何か時事的な詩を書かないか」と言われて始めたものもあります。最初はちょっと自信がなかったんですが、一種の挑戦として受けたくなって始めました。けっこう何年か続いたんです。

キャンベル　はい。『落首九十九』という詩集に収められています。

『**落首九十九**』
（朝日新聞社、一九六四年／Kindle版、岩波書店、二〇一六年）

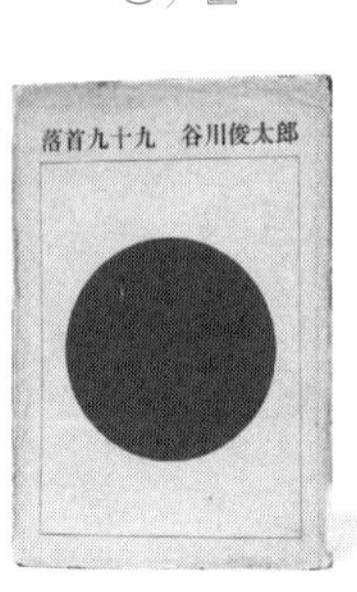

音や声を回復する言葉遊び

谷川　さっき「言葉で遊ぶ」と仰いましたけれども、その頃、日本の現代詩があまりにも意味に偏っていて、日本語の持っている豊かな面白い音の世界というものを完全に無視しているというのが気になっていました。詩というのは、もともと無文字社会の頃からあったわけだから、基本的に声が先にあると思うんです。だけど、日本の現代詩はある面では声を失っているという感じがして、それをどうやって回復しようかと考えて、言葉遊びを始めたんですね。

もともと日本語には、七五調というはっきりとした韻文の形式があります。それで短歌、俳句が非常に盛んなわけです。ただ七五調で書くと、現代詩としてはちょっと時代錯誤的になってしまうんです。それ以外に言語の音的な要素というと韻しかなくて、脚韻を踏む、あるいは頭韻を踏むということも考えたのですが、日本語の特性として脚韻というのが聞こえて来ないんです。全部母音で終わっているから。

戦後、中村真一郎[*9]さんや福永武彦[*10]さんがマチネ・ポエティック[*11]というのを運動としておやりになって、ソネットでいろんな詩をお書きになっているんです。文字で読めばもちろん伝わってくるんですけれども、その音的な要素というのはすごく丁寧に脚韻が踏んであっても、ピンと来ないというのがあるんです。

その程度の、つまりフランス詩や英詩ぐらいの脚韻の踏み方では、日本語では音が生きてない。それでどうすればいいんだろうと考えて、結局、駄洒落とか地口の類の詩になって

＊9　**中村真一郎**　一九一八 - 九七年。小説家、詩人。小説に『死の影の下に』、『空中庭園』など。
＊10　**福永武彦**　一九一八 - 七九年。小説家、詩人、フランス文学者。小説に『風土』、『死の島』など。
＊11　**マチネ・ポエティック**　一九四二年、日本語によるソネットなどの定型押韻詩を試みるために始まった文学運動。中村真一郎、福永武彦、加藤周一らが中心となった。四八年、中村らは『マチネ・ポエティク詩集』を刊行。

しまうわけです。それは普通の自由詩を書くのとは全然違って、一種の職人的に言葉を拾い集めて、音が面白い組み合わせになるかどうかを確かめながら作っていく。

キャンベル　活字工のように、一つ一つ広げて間に入れていくという作業ですね。

谷川　そうなんです。しかもノンセンスではなくて、ある場面があったり短いストーリーがあったりということです。これも月刊誌で連載したんですが、一つ作るのに本当に一カ月かかっていました。

それは、『ことばあそびうた』と『ことばあそびうた（また）』という二冊にまとめてあるんですけども。これは自分の内面でやるのではなくて、大工さんが木を削ったり、組み合わせたりするのと同じような作業です。このとき、言葉の抵抗感みたいなものを初めて感じて、非常に面白かったんですけどね。

キャンベル　『ことばあそびうた』がいま手元にあるんですけれど、たぶん皆さん聞けばすぐわかる、「かっぱ」がありますね。

谷川　それは暗記しています。自分の詩で暗記しているものはほとんどないんだけど、それだけは。

キャンベル　ぜひ、「かっぱ」をお聞きください。

かっぱ

かっぱかっぱらった
かっぱらっぱかっぱらった
とってちってた

かっぱなっぱかった
かっぱなっぱいっぱかった
かってきってくった

谷川俊太郎

キャンベル　先ほど仰った『落首九十九』という詩集は、六〇年代の初めに『週刊朝日』に連載していた詩を集めたもので、いまはまとまったものとして読むことができるけれども、私は数年前に図書館にいって、当時の『週刊朝日』を取り出してみたんですね。連載

『ことばあそびうた』（瀬川康男絵、福音館書店、一九七三年）

『ことばあそびうた（また）』（瀬川康男絵、福音館書店、一九八一年）

をしていた頃の感覚をリアルタイムで追従して、あの時間の感覚のなかで読んでいくとどうなのかなと思って、十冊ぐらい探し出してみたんです。

谷川 ええ？　ありがとうございます。

キャンベル 見事です。というのも、そのときの時局は全然書いてないですね。

谷川 そうですね。

キャンベル 六〇年といえば、国会議事堂の前で若い人たちがシュプレヒコールを上げるといったことが行われていたかと思うのですが、そうしたニュースは全然書いてないんですね。その週の他の記事から前後に何があったかということをわかって一首だけを読むと、それが非常に響く。そのときの社会の動きと非常に呼応するものとして、これが谷川さんの時局や時事に対する最も強い表現の仕方だったのではないかと思います。

谷川 そうですね、僕は特定のイデオロギーなんて持っていませんから。普通の生活者として、何か反応することが基になっていたと思います。

キャンベル 非常にコミカルで、政治家たちを風刺したり、世の中をかなり冷やかに描写している。一つだけ、私のだみ声ですみません、「ごあいさつ」という詩を読みたいんですけれども。

これは韻といいますか、音を意識しながら言葉を選んでいると思うんです。その辺に本当に転がっている、私たちが毎日使わずにいられない日本語を羅列している歌なんです。

ごあいさつ

谷川俊太郎

どうもどうも
やあどうも
　いつぞや
いろいろ
このたびはまた
　まあまあひとつ
まあひとつ
　そんなわけで
なにぶんよろしく
　なにのほうは
いずれなにして
　そのせつゆっくり
いやどうも

これは偶然にできたんじゃないかと思うぐらいに、信号待ちをしている近所の人たちが交わしているようなな、もうそのままのあいさつです。

谷川　その頃、『言語生活』[*12]という雑誌に普通の会話を録音したものの連載なんかがあって、僕は日常的な、本当に現実的な会話というものに興味があったので、毎号それを読んでいたんです。だから、そういうものの影響もあると思います。

キャンベル　戦前、今和次郎[*13]さんが銀座を歩きながら、通りかかる人々の会話の断片を聞いて記録したり、服装をスケッチしたりしたのと同じですね。

谷川　それが詩になると確信したのが、われながらおかしいんですけど。

キャンベル　それが谷川さんですね、間違いなく。非常に面白いなと思います。

「あなた」——ひらがなが作る大和言葉の音

キャンベル　二つ目の作品を読んでいただきたいと思います。この「あなた」は『みみをすます』という詩集から出たものです。一九八二年に刊行されたもので、谷川さんが五十歳のときの作品です。

谷川　この頃から詩を活字メディアだけではなくて、音声メディアで人に渡すということに関心を持ち始めていて。この詩も声に出すことを前提にして書いています。小学校の女の子二人の設定で書いているんですが、みんなこれは恋愛詩だって言うんです。そう言われてみると、この当時、恋愛していたかもしれないな、それが入っちゃったのかしらみたいな感じがしますね。

＊12 **『言語生活』** 一九五一 - 八八年、筑摩書房から出ていた月刊誌。
＊13 **今和次郎** 一八八八 - 一九七三年。建築学者，風俗学者。著作に『日本の民家』、『考現学』など。

「みみをすます／きのうの／あまだれに／みみをすます」すべての人の心にそっと入りこむ和語のしなやかなリズム。日本ではじめての暗誦に耐えうる長編平仮名詩集。（本書紹介より）

『みみをすます』
（柳生弦一郎絵、福音館書店、一九八二年、「あなた」所収）

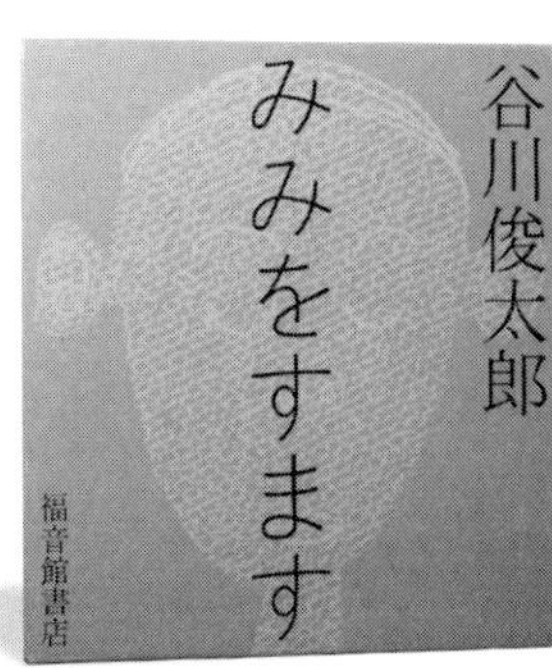

あなた

あなたは
だれ？
わたしではない
あなた
あのひとでもない
あなた
もうひとりのひと
わたしとおなじような
みみをもち
わたしとはちがうおとを
きくひと
わたしとそっくりの
じゅっぽんのゆびをもち
わたしにはつかめないものを
つかもうとするひと

あなた

谷川俊太郎

あなたは
たっている
まなつのひをあびて
うみにむかって
わたしに
せをむけて
あなたはみつめる
とおい
すいへいせんを
あなたの
こころには
わたしのみたことのないまちの
わたしのあるいたことのない
こみちがつうじている
そのこみちに

いま
しずかにゆきがふりつもり
わたしのあったことのないひとが
こっちへはしってくる
そのひとが
あなたにむかって
なんとさけんだのか
わたしはけっして
けっしてしることはない

そのばん
あなたのめにうつったもの
だいどころの
かたすみの
あるみにうむの
なべの
ひかり

谷川俊太郎

こたつのうえに
ひらかれている
うみのむこうからとどいた
いっつうの
てがみ
あなたがあいし
あなたをあいする
ひとのほおに
つたう
なみだ
それをわたしは
みなかった
だからわたしは
あなたではない
たとえいつか
あなたが
わたしの

いちばんのともだちに
なるとしても
たとえいつか
あなたがわたしに
おもいでのすべてを
かたるとしても

あなたはだれ？
もうひとりのひと
わたしとおなじ
くろいかみをして
わたしとよくにた
ふたつのひとみで
わたしにみえぬものを
みるひと

あなたは

谷川俊太郎

わらってる
しろいはをきらめかせて
わたしが
くちをつぐむとき
わたしのてから
だいすきなぬいぐるみを
ひったくり
あなたのいきに
どろっぷのにおいがする
こんなちかくにいるのに
かぎりなく
あなたは
とおざかり
うちゅうじんのようなかおで
あなたは
わらっている
どうして

そんなにも
ちがうのか
あなたのはなは
わたしのはなではない
あなたのくちは
わたしのくちではない
あなたのこころは
わたしのこころではない
あなたをぶったとき
いたかったのは
わたしではない
あなたのはいてるくつは
いつどこでかったのか
ゆうべあなたのみたゆめは
どんなゆめだったのか
あなたは
だれ？

谷川俊太郎

あなたのふむすなは
わたしのふむすなと
つながっている
あなたのうえにも
わたしのうえにも
おなじしろいくもがうかんでいる
あなたのみるうみも
わたしのみるうみも
はいいろにくれてゆく
それなのに
いま
このしゅんかんにも
あなたと
わたしは
べつべつのことをおもう
わたしは
あなたになれない

そのことの
かなしみのあまり
わたしがあなたを
だきしめるとしても
わたしとあなたが
いつか
おなじひとつのりゆうで
なみだをながすとしても
あなたのゆびの
しもんと
わたしのゆびのしもんが
ちがうように
あなたは
わたしとはちがう
もうひとりのひと
あなたは
だれ？

谷川俊太郎

あなたのいってしまったあと
あなたのすてていった
ぬいぐるみが
すなのうえに
ころがっている
そして
わたしはきづく
わたしがもう
そのぬいぐるみを
すきでなくなっていることに

あなたはだれ?
わたしに
うそをつくひと
わたしを
あざわらうひと
わたしを

くるしめるひと
わたしもきっとあなたに
うそをつき
わたしもきっとあなたを
あざわらい
くるしめている
わたしはだれ？
あなたにとって
おなじあかいちのながれているひと
おなじことばをはなすひと
はるかなむかし
おなじうみのそこから
ゆっくりとうまれてきたひと
それなのに
わたしではないひと
あなた

けれどもし
あなたとであわなかったら
わたしはいない
あなたと
いいあいをしなかったら
わたしのことばは
むなしくそらにきえる
あなたをぶたなかったら
わたしは
ひとりぼっち

あなたは
だれ？
いってしまったあとも
わたしのこころに
いるひと
うみにむかって

ほっそりとしたすがたで
たっているひと
いつまでも
たっているひと
わたしとちっともにていない
かおをして
わたしとはちがう
くつをはいて
わたしのみない
ゆめをみるひと
わたしではない
あなた
たとえはなればなれのみちを
あゆむとしても
あす
わたしは
あなたに

あいたい
　あなたは
　　どこ？

キャンベル　何かこう潮流の波のように、うねりを感じるんですね。
谷川　そうですね。ひらがなで書くと、大和言葉系の音が出て来るような気がします。
キャンベル　その一つの理由が時制と言いますか、時が詩のなかにどのように流れているかということだと思います。
　海に向かって一人の話者が思い出したり、想像したり、語っているのですが、スイッチバックして時制が切り替わるところがあって、気づいてみると三行ぐらい前からじつは違う次元であったりします。
谷川　そこは日本語が有利な点じゃないでしょうか。つまり一人称、二人称も省略できるし、時制も現代になったり、過去になったり、それでもけっこう成り立つというところがね。
キャンベル　それは感じます。最初の方で「あなたは」と言い起こして、そして「あなたはみつめる　とおい　すいへいせんを」となった後で、「あなたの　こころには」というふうに違うストーリーが始まります。「あなたの　こころには」というのは、一つのストーリーの時間のなかにある話ではなくて想像していると言いますか、無時間ですね。時間がそこでは経過していない。そしてまた緩やかに、それが揺り戻されるというようなところがあります。

恋愛の話だと解釈されているということですが、私ははっきり恋情を持ちながら別れた人々の話かと思ったんです。「ぬいぐるみ」が出てきて、「ぶった、ぶたれる」という話もあって、ちょっと不穏な部分もあって、そういった子どものような、あるいは子どものときからの関わり合い、絆というものが、大人になって別れていったということなのかと。そうしたいろいろなものがミックスされている気がします。

谷川　何かそういう多様な解釈を許すのが詩の魅力だろうと思うんです。

キャンベル　そう感じました。このなかにはまた「うちゅうじん」という言葉が出てきますけれども、これは「二十億光年の孤独」の火星人と同じように、一つのレトリックだと思うんです。同じなのに同化できない人々。でも最後に、違うのに私はずっとあなたのことを想っている、あなたと一緒だということで優しく反転するわけですね。

しょせん私たちは、他者の笑いとか痛みとかを知らない、知ることはできないということを、また読みながら関係性とは別の次元でとても感じるんですね。これは谷川さんのいろいろな言葉遊びの詩のなかにも流れている一つのこだわりだと感じます。

『すき好きノート』の深い仕掛け

キャンベル　二〇一二年に出版された『すき好きノート』という大変愉快な絵本がありまず。私は出たときにすぐに買ったんです。

谷川　ありがとうございます。

キャンベル　表と裏を見ると両方に「すき（好き）ノート」と書いてあるんですが、片方がひらがなで「すき」、もう片方が漢字で「好き」とある。そして自由に書き込めるノートブックになっているんです。

谷川さんの本だから、きっとこれは何かあるだろうなと思って中身を見ていくと、「すきノート」と書いてある方には、谷川さんの三行の短い詩がほとんどひらがなで書かれていて、これは子どもに向けた言葉ですね。

『すき好きノート』（安野光雅・装画、アリス館、二〇一二年）

谷川　そうです。

キャンベル　ひっくり返して、漢字で「好きノート」と書いてある方から読みますと、今度はこれが短いストーリーやエッセーのようなもの。

谷川　そう。ちょっと自分の好きなものを写真で出したりとか。

キャンベル　子ども向きの部分より、もう少しボリュームがある言葉があって、こちらの方が大人向きになっている。どちらからも読めるようになっているのですが、読まなくてもいいかもしれません。

谷川　うん、うん、うん。

キャンベル　自分が好きなことを触発されるままに絵に描いたり、貼り込んだり、文字を書いたりすることができる本。いやあ、面白いなと思って三冊買ってきました。

谷川　本当？

キャンベル　私は最初は子どものつもりで、「すき」の方から書いたんですね。自分で二、三週間ぐらいかけて、ゆっくりいろんなことを書いたんです。それを置いて、今度は大人の「好き」の方を読んで、同じように「好きな野菜は何？」とか本当に簡単な問いかけがあるんですけれども、まるっきり違うことを想像したり書いたりしたんです。

谷川　ふーん。それ見せていただきたいですね。

キャンベル　自分のセラピーのような、自己カウンセリングのような恥ずかしいものですけれども。

谷川　いや、けっこう家族のなかで親子で書いたり、あるいはおじいちゃんと孫が書いたりとかされているようです。そういう実用的な意味もあるみたいですね。

キャンベル　今日いらっしゃる平野啓一郎さんにも一冊を贈りましたら、お母さんとお子さんでそれを書いたそうです。私はとても面白かったので、先日NHKの朝のテレビ番組で紹介させていただいたんです。するとまた圧倒的な反響があったということです。

谷川　そうなんですよ。もう出版社が大喜び。ほんとにお歳暮か何か行ってるんじゃないでしょうか（笑）。

キャンベル　いやいや、来ていません（笑）。その後、谷川さんにお目にかかって言葉を頂戴しましたのでそれで十分です。

谷川　本当に嬉しかったです。すごく紹介が上手だって評判だったんですよ。あの本の魅力を、あんなに的確に紹介してくださったのはすごいとみんな言っていました。

キャンベル　それは谷川さんの本に対する想いが、テレビという違うメディアからもすぐに伝わったのだと思います。そして皆さんが実際に書いてみて、結果としてそこに意味が組み上がったり、崩れたりするということを体験されたのではないでしょうか。何かを書かざるを得ないような気持ちにさせる本だったんです。

谷川　子どもはもう全然躊躇せずに、どんどん書いていくらしいですね。大人はやっぱり考えちゃうんですって。

キャンベル　はい、それは東大の学生もそうですよ。

谷川　そうなんですか。

キャンベル　四月に入学してきて最初のうちはみんな手を挙げて、もう丁々発止で質問するんですけれども、一年生も五月を越えると、何かどこかで先輩たちからのいろいろな入れ知恵が入るのでしょう、非常に静かになってしまう。私たち教員は「くちばしの色が変わる」と言うんですけれども。そしてさらに六、七月ぐらいになると大人になるんですね。たぶん私たちは人生のなかで何回もそういうことを繰り返していると思うのです。

谷川　まあ、そうでしょうね。

キャンベル　そのようななかで、谷川さんの詩は起爆剤と言いますか、人々を何か行動に駆り立てるものがあるような気がします。

言語以前の存在に近づく

キャンベル　近年の世の中や日本語の状況をご覧になって、自らが積み残した、あるいはこれからやっていきたいのはどのようなことでしょうか。そのあたりをぜひお聞きしたいです。

谷川　そういうものはあんまりないんですけれどね。いくら一人っ子で、社会にあんまりエンゲージしない人間だといっても、もういまの世の中は本当に困っちゃいますね。ひ孫が生まれたんだけど、これから育っていく子どもは大変だなと思って。

キャンベル　どういうふうに大変だと感じますか。

谷川　自然の方では温暖化とかいろいろありますよね。それから政治面では国と国の戦争ではなくなってきて、テロリズムというものが非常に散発的に出てきている。それからヘイトスピーチなんていうのを見ていると、昔われわれはもっと躾けられていて、子どものの頃から感情のコントロールができていたはずだと思うんだけど、いまどうしてああいうものが野放しになってしまうんだろうと。人間の感情のコントロールができなくなっているような社会的な事件を見ていると、本当にきつくなって、どうやってこのストレスを解消しようかみたいな気持ちになるんですけどね。

さっきも申し上げたんだけど、人間というのは人間社会で生きているわけだから、みんな社会内存在ですね。だけどそれだけじゃなくて、人間は宇宙内存在でもある。つまり自然のなかに生きていて、その自然はもちろん宇宙が生んだものです。だから社会内存在であると同時に、宇宙内存在であるというふうに考えると、何かそこで少し視野が開けるっていうのかな、あるいは逆に諦めがつくと言えばいいのか。そういうふうな考え方で、僕は毎日を生きているところがありますね。

だけどやっぱり、どうしても歳を取ってきているわけですから、体はだんだんぼろが出てくるし、死ぬということも当然考えます。だから、ここ十数年はそういうことがテーマになってきています。それが面白いと言うと、ちょっとはしたないんですけども、もう書いている。

僕は子どものとき、自分が死ぬのがそんなに怖くなかったんです。これは河合隼雄[*14]さんとお話したときに、河合さんは自分が死ぬのが怖かったって仰ったんだけど、僕は母親が死ぬのがすごく恐かったんですね。

キャンベル　はい、わかります。

谷川　それからずっと自分よりも自分が愛する者が死ぬことの方が怖いという感じになっているから、だんだん歳を取って死が近づいてきても死ぬのはそんなに怖くなくて、何かよくないんですけど、むしろ楽しみなんですね。どういう世界なんだろうと。

完全に無になると言う人がいます。「じゃあ、完全に無になるっていうのを経験したい」みたいな感覚ですね。眠るのと同じだったら、それはそれで面白いんですけど。臨死体験の本なんかいろいろ読むと、あれは完全に脳内の化学的な物質と電気的な回路の問題だというふうに、ある程度割り切れるようになりつつあるみたいです。でも、その状態になぜなるのかということは、全然答えがないわけでしょう。だから歳を取っていくのは、そういう楽しみはありますね。若い頃とは違ってだんだん気になってきて、それに興味を持つというのかな。

キャンベル　そのことと言葉の関わりと言いましょうか、言葉が潰えていく、言葉が終焉を迎えるということについてはどう思われますか。

それまでに積み上げてきた自分の言葉は残るかもしれませんが、死によって輪廻転生するとしても、たとえば朱子学でいう「気」のように宇宙に充満する存在に戻っていくとしても、そこにおいて言葉はどういうものだと捉えていらっしゃいますか。

谷川　さっきも申し上げましたが、僕は自分の言葉という意識があんまりないんですね。要するに、仮にビッグバンで宇宙が始まったとすると、まずは無機物ができて、それが有機物になって、だんだん哺乳類なんかもできて人間が生まれますね。そこまでは全然言語がないから、世界を意味づけることはなかったわけじゃないですか。言語が発生して初めて意味というものが生まれて、そのおかげで死ぬのが怖くなったりした。あるいは、そのおかげで人間はうんと進歩して、それこそ地球上の一番偉い生物みたいなことになっているわけですけれども。

その言語以前の存在、まだ言葉で表現できない存在というものにできるだけ近づきたいという気持ちが僕にはあるんですね。だから詩も意味で勝負するだけではなくて、言語以

＊14　河合隼雄　一九二八 - 二〇〇七年。臨床心理学者。著作に『昔話と日本人の心』、『明恵　夢を生きる』など。

前の存在に触れる詩が書きたいといつも思っているんです。

だから自分が死ぬのも、もしそういう宇宙に充満するプネウマ、「気」みたいなものがあるとすれば、自分はそこにまた戻っていくだけなんだという感じは持っています。そこで言語がなくなっても言語以上のものが感じられるかもしれないし、詩を書いていくうえで常に言語以上のものを捕まえられないんだけれども、何か予感していたようなところがあるので、それで死というものがあんまり怖くないのかなと。

肉体よりも魂というものを気にしているというところはありますね。それは科学的な事実としてはあり得ないのかもしれないけれども、どうせ死んだらどうなるか誰も知らないわけだから、それまではできるだけ楽しいイメージで死を迎える方がいいかなと、そんな感じで生きています。

「道端に生えてる雑草みたいな詩が書きたい」

キャンベル　詩を初めて書いたときから報酬をもらって、そこからいわば受注生産のような形でずっと詩を作ってこられた。それも特に戦後の現代詩壇のなかでは白眼視されたり、ちょっと珍しがられたり。

でもこの二十年ぐらいでしょうか、谷川さんが仰っているような意味ということ自体が崩れ、その存在そのものが自己目的化されることに対する疑いが、むしろ私たちの発想として真ん中にあるわけですね。

谷川　そうですね、はい。

キャンベル　そうすると、谷川さんの詩人としてのあり方というのが非常にわかる気がします。一九九〇年代に入ってから『世間知ラズ』という詩集をお出しになっているわけですが、その「世間知ラズ」の詩に、詩人とは何かということの自問自答のような部分があって、こういうふうにお書きになっています。

　行分けだけを頼りに書きつづけて四十年
　おまえはいったい誰なんだと問われたら詩人と答えるのがいちばん安心

世間知ラズ
谷川俊太郎

『世間知ラズ』
（思潮社、一九九三年／Kindle版、岩波書店、二〇一六年）

谷川　仮にそう言われるのがいいんじゃないか、そう言うしかないと（笑）。一九六〇年代から七〇年代にかけて、ルイス・キャロルの『不思議の国のアリス』[*15]が評判になった時期がありましたね。あの頃から僕はノンセンスというものにすごく惹かれて、自分も『よしなしうた』という詩を出した。ただ、ノンセンス詩を書きたいと思っていろいろ頑張ったんだけど、なかなか意味のない詩っていうのは書けないんです。やっぱり言語で書いているわけだから。でも自分なりに一種のユーモアも含めたノンセンスと言えます。

あの頃は鶴見俊輔[*16]さんという哲学者の方が、「ノンセンスというのは存在の手触りというものを知らせてくれる」という言い方をなさっていて、僕はなるほどなと思ったんです。だからノンセンスというのは言語を解体することで、言語以前の存在に触れる。そこではもう言語そのものは、そういう存在に対して呑まれて溶けてしまうと言えばいいのかな。何かそんな感じのところに行きたいという気持ちがすごく強いんですね。たぶん詩というのは、それに一番近くて、そうなる可能性があるということだと思うんです。

『よしなしうた』
（青土社、一九八五年／青土社、一九九一年／Kindle版、岩波書店、二〇一六年）

だからいま、「どんな詩を書きたいですか」なんて聞かれると、僕は「道端に生えてる雑草みたいな詩が書きたい」って言う。あまりにも理想主義的な言い方なんですけど。そこら辺に雑草が生えていて、小さな花が咲いていると、「ああ、なんかかわいいな」とか「あ、ここにもちゃんと命があるな」と思いますよね。雑草は何のメッセージも、何の意味もないわけです。だけど、そこに存在しているという強さがある。だから言葉で、詩でそういう存在になれないかなということを考えてしまいますね。

キャンベル　谷川さんの紡ぎ出している詩と谷川さんの実像そのものが、「あなた」でなかなか同化できなかった二人のようだったんですけれども、いまのお話を聞いていると、ご自分のなかでは一つの有機的な存在として、そこには隙間がないということを感じます。

谷川　そうですか。そう言われると嬉しいです

＊15　**『不思議の国のアリス』**　一八六五年刊の童話。不思議の国に迷い込んだ少女アリスが、奇妙な冒険を重ねる。文章には多数のノンセンスな言葉遊びが含まれている。

＊16　**鶴見俊輔**　一九二二‐二〇一五年。哲学者。著作に『戦時期日本の精神史』、『戦後日本の大衆文化史』など。

禿頭の私にひそむ少年の私　カラダの私に頼るアタマの私　突然泣き出す「私」の私　あなたへはみ出していく私　生身の私から孵った詩の私。（本書紹介より）

『私』（思潮社、二〇〇七年、「さようなら」所収）

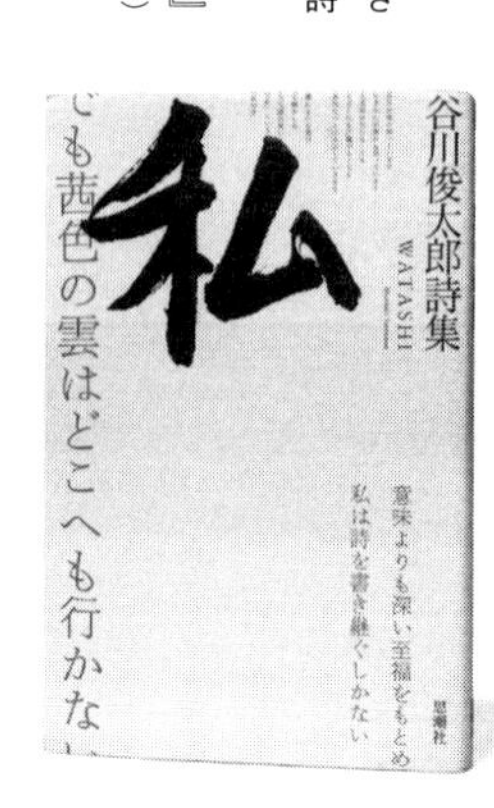

「さようなら」――自分が解放されるとき

キャンベル　先ほど魂だけが残るという話があったんですけれども、最後に『私』という詩集に収められた詩を読んでいただきたいと思います。「さようなら」という詩です。まさにユーモアを利かせた詩だと思います。

谷川

　　さようなら

私の肝臓さんよ　さようならだ

谷川俊太郎

腎臓さん膵臓さんともお別れだ
私はこれから死ぬところだが
かたわらに誰もいないから
君らに挨拶する
長きにわたって私のために働いてくれたが
これでもう君らは自由だ
どこへなりと立ち去るがいい
君らと別れて私もすっかり身軽になる
魂だけのすっぴんだ

心臓さんよ　どきどきはらはら迷惑かけたな
脳髄さんよ　よしないことを考えさせた
目耳口にもちんちんさんにも苦労をかけた
みんなみんな悪く思うな
君らあっての私だったのだから

とは言うものの君ら抜きの未来は明るい

もう私は私に未練がないから
迷わずに私を忘れて
泥に溶けよう空に消えよう
言葉なきものたちの仲間になろう

これをある方との対談のときに読んだら、その相手の方が「谷川さんはちんちんさんにはどんな苦労をおかけになったんですか」と言われて。

キャンベル　私は聞きませんから（笑）。

谷川　聞かないでください。それはさすがに絶句しました（笑）。

キャンベル　ふっと笑うんですけれども、笑った後にじーんとして、お世話になった自分のパーツに「さようなら」、そしてそれを解放する。ということは自分も解放されて、先ほど雑草の話があったんですが、言語以前の存在へ戻っていくという話だと思います。最後の「泥に溶けよう空に消えよう」というイメージを、日本に限らず海外の詩人たちもたくさん書いていると思います。

谷川　そうですね。

キャンベル　このように一つ一つ棚卸しをしながら、自分の体、それこそ実存、アイデンティティを形づくるものを確かめて、目であったり耳であったり、感覚器官の一つ一つに

ます。

「ご苦労様でした」と言うのは、私の立場からすると江戸時代の戯作者のような感じがし

谷川　ああ、本当？

キャンベル　十八世紀に自堕落先生[*17]という人がいますけれども、江戸の全然売れない俳諧師で、もとは侍です。長屋のような寒いところで一人暮らしているのですが、正月に酔っ払って目が覚めると、枕元に鍋や箸や釜戸のいろいろなものが整列をしていて、自分に年頭の挨拶をするんです。

谷川　へえ。

キャンベル　それらの道具たちに、「君たちに今日はお暇をつかわす」ということを言ったりするんです。読み返していると、十八世紀の江戸の武士の社会からちょっと切り離されたときの気分であったり、自分の存在の重みであったり、そういったものを笑いに包んで描いているんです。

谷川　似たような発想をする人がやっぱりいるんですね。

キャンベル　そうですね。何か積み残したことはあまりないというお話だったんですけど、

---

*17　**自堕落先生**　山崎北華。別号に自堕落先生。一七〇〇 - 四六年。江戸時代中期の俳人。作品に奥の細道の俳諧紀行『蝶之遊』など。

いま何かなさろうとしているお仕事はありますか。集計用紙にまだ棒消しをしてないお仕事があれば……。

谷川　いえいえ、そんなことないです。だいたいもう文芸誌からの詩の注文は少なくなっています。一般文芸誌は小説ばかりで、全然詩を載せてくれないんですね。僕がいま書いているのは、歯医者さんの雑誌に歯の詩を書けとか、ドイツに木のおもちゃを作っているメーカーの雑誌があって、そこに木のおもちゃの詩を書けとかね。

いま、一番僕が大変だと思っているのは、パチンコとかスマートボールの店の建築を主に手がけている会社があって、そこはラブホテルもどうやら作っているらしいんだけど、その会社の詩を書けというんですよ。その注文をしてきた人は、「社員が全員、朝に声を合わせて唱和して、元気にこれから一日を始めようみたいな詩を作ってほしい」と言うんです。それはさすがにちょっと難問なんで悩んでいるんですけど（笑）。

キャンベル　本当の最後ですけれども、会場の皆さんに対してメッセージをお願いできませんでしょうか。

谷川　「メッセージを」とよく言われるんですけど、僕は不特定多数に対してメッセージというのはどうも言いにくい。言いにくいから、逆に詩を書いている。詩は不特定多数に向かって書いているんですけどね。

具体的に知っている人だったら何か言えるんだけど、不特定多数に向かってのメッセージは、僕は「電気はこまめに消しましょう」というメッセージにしているんです（笑）。これは原子力発電にも関係しているわけですから。

キャンベル　はい。あとは歯磨きを（笑）。

谷川　そう、「歯磨きを忘れずに」。

キャンベル　わかりました。われわれが全員、拳拳服膺して実行していく大事なことを、谷川さんらしいメッセージとして頂戴しました。これをもって今日のインタヴューをお開きにしたいと思います。

質疑応答1　他人が死ぬこと

――お聞きしたいのは、「谷川さんはご自分の死は怖くなくて、他人の死が怖い」と仰っていたのですが、他人が死ぬことについて挽歌の形で詩を書くことはあるのでしょうか。

谷川　それで一冊の詩集[*18]が出ています。それは「挽歌」と言えばいいのか、亡くなった後で自分が書いた詩なんです。だから「追悼詩」ですね。

僕はあまりお葬式が得意じゃないんですよ。「得意じゃない」って変なんだけど、みんなで集まって僕の親しい友人を送るよりも一対一で送りたいという気持ちが強いので、お葬式は欠席して詩を書かせてもらったりすることもあるんです。ですから、やはり死というのはどんなに有名人で青山葬儀場なんかで何千人が来て葬儀をしても、一対一で受け取らなきゃいけない。

イスラエルのホロコースト記念館[*19]に行ったときに、あそこでは犠牲者の名前を声に出して読んでいくんです。六百万人ほどなんだけど、その一人ひとりの名前を読み上げていくということに、僕はとても感動したんです。お墓よりもそういう行為がいいなと思いました。

質疑応答2　親しんだ詩人たち

――「あなた」という詩のなかに、「なみだ」という言葉が出てきますが、それで田村隆一[*20]さんの詩、「ぼくはあなたの涙のなかに立ちどまる」という一行がある「帰途」という詩を思い出しました。また、最後に読まれた「さようなら」という詩の「泥の中に還っていく」というイメージについても、「泥」と言えば金子光晴[*21]をやはり思い出しました。谷川さんはすでに亡くなった人たちをイメージすることで、そういう言葉が出てきているんじゃないかなと感じるものがありました。

谷川　田村隆一さんや金子光晴さんに関しては、そんなに詩から影響を受けていないと思う。好きな詩はあるんですけどね。むしろ田村隆一さんは私の最初の奥さんの夫になったということで影響を受けさせていただいた。

人柄が好きなんですよ。僕が「田村さん、後妻でしょ?」と言ったら「そうだ」と。「でも田村さん、もっと人数が多いじゃないですか」と言ったら、「ごさい」は「五番目の妻」

＊18　**一冊の詩集**　谷川俊太郎（詩）・正津勉（編）『悼む詩』東洋出版、二〇一四年。ゆかりある人々へ捧ぐ哀悼詩集。

＊19　**ホロコースト記念館**　一九五三年、エルサレムのヘルツルの丘に設置された。ヤド・ヴァシェムと呼ばれる。

＊20　**田村隆一**　一九二三 - 九八年。詩人。詩誌『荒地』の創設に参加。詩集に『四千の日と夜』、『奴隷の歓び』など。

＊21　**金子光晴**　一八九五 - 一九七五年。詩人。詩集に『こがね虫』、『鮫』など。

という意味だっていう人ですから。金子光晴さんはすごく好きな詩人だし、それから人柄としても。僕は晩年に何度かお会いしているんですけど、とても魅力的な人でしたね。

キャンベル　私も一つお聞きしますが、若いときから読んでいた同世代、あるいは上の詩人たちにはどういう人がいらっしゃいますか。

谷川　僕は詩を書き始めたときに、詩の読書量が本当に少なくて。一番大きな影響を受けたのは、さっき言ったように宮沢賢治の童話ですね、詩ではなくて。それはもう耽読していたのを覚えています。あとは、お会いしてからは三好達治の詩をずいぶん読んだ。日本の詩人では、最初のうちは中原中也[*22]なんかわからなかったです。中年になってからすごく魅力を感じるようになりました。

それから立原道造[*23]も感性の持ち方が非常に近いんですけど、そんなに夢中になった記憶はなくて。彼がソネット形式を使ったのを僕は踏襲して、『62のソネット』を書いたのは確かです。彼は高原で生活したわけですが、私のうちも父親が群馬県の北軽井沢に小さな

『62のソネット』
（創元社、一九五三年／『62のソネット＋36』未収録だった作品を加え、英訳も収録、集英社文庫）

家を持っていたので、赤ん坊のときから信州の自然に馴染んでいて、そういうところでの立原への親しみはあります。

（二〇一五年十二月二十日、東京大学本郷キャンパス 総合図書館にて収録）

＊インタヴュー動画は、次のウェブサイトよりご覧いただけます（一部有料）。
［飯田橋文学会サイト］
http://iibungaku.com/news/4_1.php
［noteの飯田橋文学会サイト］
https://note.mu/iibungaku/n/n42576476ca65

＊22 **中原中也** 一九〇七‐三七年。詩人。詩集に『山羊の歌』、『在りし日の歌』など。訳詩に『ランボオ詩集』など。

＊23 **立原道造** 一九一四‐三九年。詩人。詩集に『萱草に寄す』、『曉と夕の詩』など。

関連年譜

一九三一年（〇歳）　一二月一五日、東京都で生まれる。哲学者である父徹三と母多喜子の一人子。

一九三二年（一歳）　この年から、北軽井沢の別荘で夏を過ごすようになった。

一九三八年（七歳）　杉並第二小学校に入学。音楽学校出身の母からピアノを学ぶ。模型飛行機作りや鉱石ラジオなどの機械いじりを好んだ。

一九四四年（一三歳）　都立豊多摩中学校（旧府立第十三中学校）に入学。

一九四五年（一四歳）　母とともに、その里である京都府久世郡淀町に疎開した。京都府立桃山中学校に転学。

一九四六年（一五歳）　三月、東京の杉並の家に戻り、豊多摩中学校（のちの都立豊多摩高校）に復学。

一九四八年（一七歳）　クラスメートの北川幸比古の影響で、詩を書き始めた。

一九五〇年（一九歳）　学校嫌いが激しくなり、教師に反抗する。成績は低下し、定時制に転学して辛うじて卒業。大学進学の意思はなくなっていた。七月、ノート三冊が父徹三から三好達治に渡されたと思われる。三好の推薦で『文學界』一二月号に「ネロ 他五篇」（「二十億光年の孤独」を含む）が掲載された。

一九五二年（二一歳）　『二十億光年の孤独』（創元社）を刊行。

一九五三年（二二歳）　川崎洋と茨木のり子の誘いで雑誌『櫂』の同人に参加。『六十二のソネット』（創元社）を刊行。

一九五四年（二三歳）　岸田衿子と結婚。

一九五六年（二五歳） 岸田衿子と離婚。

一九五七年（二七歳） 大久保知子と再婚。初のエッセイ『愛のパンセ』（実業之日本社）を刊行。

一九六〇年（二九歳） 長男賢作が誕生。三幕喜劇「お芝居はおしまい」（劇団四季上演）を書く。集計用紙に注文内容を書き、済むと消すことをやっていた。この頃から、子どもの歌と校歌の歌詞を書き始めた。

一九六二年（三一歳） 一月から『週刊朝日』に時事風刺詩の連載を始める（―六三年一二月）。「月火水木金土日の歌」で第四回レコード大賞作詞賞を受賞。

一九六三年（三二歳） 長女志野誕生。

一九六四年（三三歳） 『落首九十九』（朝日新聞社）。

一九六六年（三五歳） ニューヨークでいくつかのポエトリー・リーディング（詩人の自作朗読）を聞き、詩を声で語ることに強い関心をもつようになる。

一九六七年（三六歳） 絵本の『あかくんときいろちゃん』（レオ・レオニ作・絵、藤田圭雄訳、至文社）を見て、絵本の概念が一気に広がった。絵本の創作を考え始める。

一九六九年（三八歳） レオ・レオニ作の『スイミー』ほか三点を同時刊行し、絵本の翻訳を開始。

一九七〇年（三九歳） 一〇月から月刊雑誌『母の友』（福音館書店）に「私のことばあそび」の連載を開始（―七二年三月）。ひらがな詩の本格的な試みが始まる。

一九七三年（四二歳） 『ことばあそびうた』（福音館書店）。

一九七五年（四四歳） 『マザー・グースのうた 1・2・3』（草思社）の翻訳で、日本翻訳文化賞を受賞。

一九七九年（四八歳） 河合隼雄との対談集『魂にメスはいらない――ユング心理学講義』（朝日新聞社）を

刊行。

一九八一年（五〇歳）　『ことばあそびうた　また』（福音館書店）。

一九八二年（五一歳）　『みみをすます』（福音館書店、「あなた」所収）。

一九八三年（五二歳）　前年の詩集『日々の地図』（集英社）で第三四回読売文学賞（詩歌俳句）を受賞。

一九八四年（五三歳）　母多喜子が死去。

一九八五年（五四歳）　『よしなしうた』（青土社）で第三回現代詩花椿賞を受賞。

一九八七年（五六歳）　前年の「いつだって今だもん」で斎田喬戯曲賞を受賞。

一九八八年（五七歳）　『いちねんせい』（小学館）で第三七回小学館児童出版文化賞を受賞。『はだか』（筑摩書房）で第二六回野間児童文芸賞を受賞。

一九八九年（五八歳）　父徹三が死去。妻知子と離婚。

一九九〇年（五九歳）　佐野洋子と結婚。

一九九二年（六一歳）　前年の『女に』（マガジンハウス）で第一回丸山豊記念現代詩賞を受賞。

一九九三年（六二歳）　エルサレム国際詩祭に参加。『世間知ラズ』（思潮社）で第一回萩原朔太郎賞を受賞。

一九九六年（六五歳）　朝日賞を受賞。佐野洋子と離婚。

一九九八年（六七歳）　英語版の選詩集で、イギリスのＳａｓａｋａｗａ財団翻訳賞を受賞。

二〇〇〇年（六九歳）　東京でダライ・ラマの講演を聴く。活字では絶対に伝わることのないものがあると感じる。

二〇〇五年（七四歳）　『シャガールと木の葉』（集英社）で第四七回毎日芸術賞を受賞。二〇〇二年刊の『谷川俊太郎詩選』（田原訳、中国の作家出版社）で21世紀鼎鈞双年文学賞を受賞。

二〇〇八年（七七歳）　前年の『私』（思潮社、「さようなら」所収）で第二三回詩歌文学館賞を受賞。

二〇一〇年（七九歳）　前年の『トロムソコラージュ』（新潮社）で第一回鮎川信夫賞を受賞。

二〇一一年（八〇歳）　中国の詩歌の民間賞「中坤国際詩歌賞」を受賞。

二〇一二年（八一歳）　『すき好きノート』（アリス館）。二〇一一年リリースのｉＰｈｏｎｅアプリ「谷川」が電子書籍アワード２０１２文芸賞を受賞。

二〇一六年（八五歳）　『詩に就いて』（思潮社）で第一一回三好達治賞を受賞。

著書目録

詩集

『二十億光年の孤独』創元社、一九五二年／英訳も収録、集英社文庫

『六十二のソネット』創元社、一九五三年／『62のソネット＋36』未収録だった作品を加え、英訳も収録、集英社文庫

『愛について』東京創元社、一九五五年／Kindle版、岩波書店

『絵本』的場書房、一九五六年

『谷川俊太郎詩集』東京創元社、一九五八年

『あなたに』東京創元社、一九六〇年／Kindle版、岩波書店
『21』思潮社、一九六二年
『落首九十九』朝日新聞社、一九六四年／Kindle版、岩波書店
『谷川俊太郎詩集』全詩集版、思潮社、一九六五年
『日本語のおけいこうたのほん』長新太絵、寺島尚彦ら作曲、理論社、一九六五年／Kindle版、岩波書店
『谷川俊太郎詩集　日本の詩人17』河出書房、一九六八年
『旅』詩画集、香月康男画、求龍堂、一九六八年／増補新版、英語訳を収録、吉野剛造との対話等を収めた別冊、思潮社
『谷川俊太郎詩集』角川文庫、一九六八年
『谷川俊太郎詩集　現代詩文庫27』思潮社、一九六九年
『うつむく青年』山梨シルクセンター出版部、一九七一年／復刊、サンリオ
『谷川俊太郎詩集　日本の詩集17』角川書店、一九七二年
『ことばあそびうた』瀬川康男絵、福音館書店、一九七三年
『空に小鳥がいなくなった日』サンリオ出版、一九七四年／復刊、サンリオ
『ひとりの部屋』渋谷育由絵、千趣会、一九七四年
『夜中に台所でぼくはきみに話しかけたかった』青土社、一九七五年／Kindle版、岩波書店
『定義』思潮社、一九七五年
『誰もしらない』国土社、一九七六年／Kindle版、岩波書店
『由利の歌』長新太・山口はるみ・大橋歩絵、すばる書房、一九七七年／Kindle版、岩波書店
『新選谷川俊太郎詩集　新選現代詩文庫１０４』思潮社、一九七七年

谷川俊太郎

『タラマイカ偽書残闕』書肆山田、一九七八年
『質問集　草子8』書肆山田、一九七八年
『谷川俊太郎詩集　続』思潮社、一九七九年
『そのほかに』集英社、一九七九年／Kindle版、岩波書店
『地球へのピクニック』長新太絵、教育出版センター、一九八〇年
『コカコーラ・レッスン』思潮社、一九八〇年／Kindle版、岩波書店
『ことばあそびうた　また』瀬川康男絵、福音館書店、一九八一年
『わらべうた』森村玲絵、集英社、一九八一年／集英社文庫
『わらべうた　続』森村玲絵、集英社、一九八二年／のち文庫
『みみをすます』柳生弦一郎絵、福音館書店、一九八二年
『日々の地図』集英社、一九八二年／Kindle版、岩波書店
『どきん』和田誠絵、理論社、一九八三年／Kindle版、岩波書店
『対詩　1981.12.24～1983.3.7』正津勉と共著、書肆山田、一九八三年／Kindle版、岩波書店
『谷川俊太郎　現代の詩人9』中央公論社、一九八三年
『手紙』集英社、一九八四年
『日本語のカタログ』思潮社、一九八四年／Kindle版、岩波書店
『詩めくり』マドラ出版、一九八四年／Kindle版、岩波書店
『よしなしうた』青土社、一九八五年／青土社、一九九一年／Kindle版、岩波書店
『朝のかたち』角川文庫、一九八五年

『いちねんせい』和田誠絵、小学館、一九八八年／Kindle版、岩波書店
『谷川俊太郎、自作を読む　1・2・3』草思社、一九八八年
『はだか』佐野洋子絵、筑摩書房、一九八八年／Kindle版、岩波書店
『メランコリーの川下り』思潮社、Presscott Street Press、一九八八年／Kindle版、岩波書店
『かぼちゃごよみ』川原田徹絵、福音館書店、一九九〇年／Kindle版、岩波書店
『魂のいちばんおいしいところ』サンリオ、一九九〇年／Kindle版、岩波書店
『女に』佐野洋子絵、マガジンハウス、一九九一年／英訳も収録、集英社／Kindle版、岩波書店
『詩を贈ろうとすることは』集英社、一九九一年／Kindle版、岩波書店
『これが私の優しさです』集英社文庫、一九九三年
『十八歳』沢野ひとし絵、東京書籍、一九九三年／集英社文庫、一九九七年／Kindle版、岩波書店
『子どもの肖像』百瀬恒彦写真、紀伊國屋書店、一九九三年／Kindle版、岩波書店
『世間知ラズ』思潮社、一九九三年／Kindle版、岩波書店
『谷川俊太郎詩集　続続　現代詩文庫１０９』思潮社、一九九三年
『ふじさんとおひさま』佐野洋子絵、童話屋、一九九四年／Kindle版、岩波書店
『モーツァルトを聴く人』自作朗読ＣＤ付きセットも別売、小学館、一九九五年／Kindle版、岩波書店
『真っ白でいるよりも』集英社、一九九五年
『クレーの絵本』パウル・クレー画、講談社、一九九五年／Kindle版、岩波書店
『やさしさは愛じゃない』荒木経惟・写真、幻冬舎、一九九六年
『谷川俊太郎詩集』ハルキ文庫、一九九八年

『みんなやわらかい』広瀬弦画、大日本図書、一九九九年／Kindle版、岩波書店
『クレーの天使』講談社、二〇〇〇年／Kindle版、岩波書店
『詩集 谷川俊太郎』思潮社、二〇〇二年
『minimal』思潮社、二〇〇二年／Kindle版、岩波書店
『夜のミッキー・マウス』新潮社、二〇〇三年／新潮文庫、二〇〇六年／Kindle版、岩波書店年
『きのこ 森の妖精』藤澤寿写真、新潮社、二〇〇四年
『シャガールと木の葉』集英社、二〇〇五年／Kindle版、岩波書店
『谷川俊太郎詩選集』全四冊、田原編、集英社文庫、二〇〇五―一六年
『すき』和田誠絵、理論社、二〇〇六年／Kindle版、岩波書店
『詩人の墓』太田大八絵、集英社、二〇〇六年
『私』思潮社、二〇〇七年
『子どもたちの遺言』田淵章三写真、佼成出版社、二〇〇九年／Kindle版、岩波書店
『トロムソコラージュ』新潮社、二〇〇九年／Kindle版、岩波書店
『詩の本』集英社、二〇〇九年
『私の胸は小さすぎる』角川学芸出版、二〇一〇年
『mamma』伴田良輔写真、徳間書店、二〇一一年
『東京バラード、それから』写真と詩、幻戯書房、二〇一一年
『自選　谷川俊太郎詩集』岩波文庫、二〇一三年
『ミライノコドモ』岩波書店、二〇一三年／Kindle版、岩波書店

『こころ』朝日新聞出版、二〇一三年
『悼む詩』正津勉編、東洋出版、二〇一四年
『今日までそして明日から』田淵章三写真、佼成出版社、二〇一五年
『詩に就いて』思潮社、二〇一五年
『いそっぷ詩 谷川俊太郎詩集』広瀬弦絵、小学館、二〇一六年

エッセイ集、評論集など

『愛のパンセ』実業之日本社、一九五七年／三笠書房・知的生きかた文庫
『世界へ！』弘文堂、一九五九年
『アダムとイブの対話』実業之日本社、一九六二年
『花の掟』理論社、一九六七年
『散文』晶文社、一九七二年／のち講談社＋α文庫
『三々五々』花神社、一九七七年
『谷川俊太郎エトセテラ』大和書房、一九七九年／『谷川俊太郎エトセテラリミックス　新装版』いそっぷ社
『谷川俊太郎の「現代詩相談室」』角川書店、一九八〇年
『アルファベット26講』出帆新社、一九八一年／中公文庫
『ＯＮＣＥ　１９５０―１９５９』出帆新社、一九八二年／集英社文庫
『ことばを中心に』草思社、一九八五年

『「ん」まであるく』草思社、一九八五年
『詩ってなんだろう』筑摩書房、二〇〇一年／ちくま文庫
『ひとり暮らし』草思社、二〇〇一年／新潮文庫
『風穴をあける』草思社、二〇〇二年／角川文庫
『すこやかに おだやかに しなやかに』佼成出版社、二〇〇六年／Kindle版、岩波書店
『谷川俊太郎 質問箱』江田なぇイラスト、東京糸井重里事務所、二〇〇七年
『生きる――わたしたちの思い』KADOKAWA、二〇〇八年
『生きる――わたしたちの思い　第二章』KADOKAWA、二〇〇九年
『すき好きノート』安野光雅・装画、アリス館、二〇一二年
『写真』晶文社、二〇一三年
『詩を書くということ――日常と宇宙と』PHP研究所、二〇一四年

＊著作は主要と思われるものにとどめた。
＊原則として単独著を示す。編著、共著、対談などは割愛した。ただし、絵、画、写真などの作家との共著に関しては記載した。
＊絵本、童話などは含まない。
＊著作は、『書名』出版社、出版年／最新の文庫等を示す。
＊『自選　谷川俊太郎詩集』（岩波文庫、二〇一三年）などを参考にした。

（作成・編集部）

こぼれ落ちた言葉を拾い上げる

インタヴューを終えて

インタヴューが行われた日は、冬の雨の寒い日であった。インタヴューを終え会場を後にする谷川さんを、私と一人のスタッフが見送った。赤門を出たところで「タクシーを呼びましょう」と申し出ると、「いや、いいですよ、電車で帰ります」と静かに私たちを制止し、谷川さんは塀伝いの歩道を歩いて一人帰路につかれた。夕闇のなか、傘をさし長い塀に沿って進んでいく谷川さんの後ろ姿から目を離すことができず、正門を過ぎ、その先の言問い通りを右に曲がり、根津駅に向かわれたのであろう谷川さんの姿が見えなくなるまで、私たちは赤門の前からずっと見送った。その後ろ姿は、決して寂しい老詩人の背中ではなかった。今日もまた一つ、人々と交わり語るという仕事をした、やることをやったという充足の背中であった。私はその生き生きとした後ろ姿に、あらためて谷川さんの力を感じた。

詩をつくるということにおいて、谷川さんの原動力には二つの側面がある。その一つが、自分は自足しているという感覚。お母さんの愛情を一身に受けて育つなかで得た幼少時の精神的な安定感が、成長してからも自足の感覚として谷川さんの創作を支えたと語っておられた。八十代の人が、自分は母親から百パーセント愛されて育ったと翳りもなく語れること自体、相当にいろいろな経験をされたうえでなければ言えないことであろうと思うのだが、あの日、仕事を終えた谷川さんの後ろ姿に私が見たものも、たしかに自足した清々しさであったのだと思う。

戦後の文壇や詩壇では、みな内面に葛藤を抱え、その葛藤を当時の政治や思想のなかに投影して意味を問い、意味と格闘することで創作を行っていた。自分自身を俎上に乗せて自ら解体し、解剖することによって時代と折り合っていく、その過程が創作の原点でもあった。そうした文壇、詩壇の人々に対して、精神的な葛藤や格闘の過程をそもそも最初からまったく踏むことなく詩作を始められた谷川さんは、彼らと仲良くしながらも大きな違和感を抱いたはずである。創作の原動力を異にする彼らとは一線を画して距離を置くことで、谷川俊太郎という詩人の独創——それは受注生産という表現にもあらわれている——は貫かれたのである。

もう一つの側面は、谷川さんにとって、日本語という歴史的にも地理的にも非常に多様であり、矛盾も含み、多層的である言葉、その日本語に根ざして詩をつくるという姿勢である。創作の動機も題材も、すべてはご自身が日本語の豊かさを感じ、日本語の持つ面白い音の世界を感じることから生まれているのである。

詩は、もともと非文字世界とつながっており、文字のない世界から発生し、這い上がっていくものだと語っておられた。そこにこそ、谷川さんの詩人としての際立った特色があるのだろう。日常のなかで言葉が生まれ、口から口へと伝わり、揉まれ、共有されていくという、言葉の原初の衝動に、谷川さんはいつも目を向けていらっしゃるのだ。そこで発見したものから、近年では絵本をつくったり、『すき好きノート』のように詩にかぎらず言葉を紡ぐ仕掛けをつくったりする活動を展開しておられる。

現代詩の文字としてシミのように定着する前の、こぼれようとしている体験や、感情や、心理状態や、自然の変化が、私たちの周りには文字にはならない「声」として転がっている。それらを、どこでどういうふうに拾おうかと考えつづけ、拾ってきてはそれを詩にしていくことを真摯に行ってきたのが谷川さんの詩風なのである。そうした一詩人の詩論を拝聴し、私自身とても救われる気がした。

近代以降、日本文学と呼べるものを形づくる過程では、必然的に多くのものが周縁に追いやられ、とりこぼされてきた。それは日本文学にかぎったことではなく、日本語そのものにおいても、また視覚芸術全般においても、同じことが言える。日本列島津々浦々、その地域や土地で使われてきたさまざまな方言、その音やリズムのなかで語り継がれてきた物語世界がある。そういったものを振り落とすことで成り立つ日本文学というシステムに対して、ここにきてようやく、こぼれてしまったものすべてを含む「トータリティ」を想定し、それを回復しようとする動きが本格化している。私が東大から国文学研究資料館に館長として戻って目下取り組んでいることも、まさにその日本語のトータリティの回復という作業なのである。そのために何をしなければならないか、何が必要なのかを模索する日々である。

考えてみれば、谷川さんは、谷川俊太郎という一詩人として戦後からずっと、日本語がとりこぼされていくプロセスに立ち向かい、強固な個の力で、周縁に埋没していく言葉を引き上げ、こぼれ落ちた言葉を拾い上げることをなさってきたのである。谷川さんはどのようにしてそれらの言葉をたぐり、またどのようなところで躓き立ち止まりながら、その作業を続けてこられたのか、その極意の一端をのぞかせていただけたことに、私は大きな喜びを感じている。

ロバート キャンベル ✷

Robert Campbell

ニューヨーク市生まれ。カリフォルニア大学バークレー校卒。ハーバード大学大学院東アジア言語文化学科博士課程修了、文学博士。一九八五年に九州大学文学部研究生として来日。国立・国文学研究資料館助教授、東京大学大学院総合文化研究科教授などを経て、国文学研究資料館長。専門は近世・近代日本文学。著書に『Jブンガク』、『ロバート キャンベルの小説家神髄』、『読むことの力』（編）、『江戸の声——黒木文庫でみる音楽と演劇の世界』（編）、『海外見聞集』（校注）、『漢文小説集』（校注）などがある。

未完にして終わる、そこから僕は自由に動き始める

横尾忠則

✷

「眼鏡と帽子のある風景」
（1965）

「Y字路」
（2000年以降）

「豊島横尾館」
（2013）
など

［聞き手］
平野啓一郎

横尾忠則

✷

Yokoo Tadanori

一九三六年、兵庫県西脇市生まれ。美術家。七二年にニューヨーク近代美術館で個展。その後も世界各国のビエンナーレ等で活躍する。国際的に高い評価を得ており、海外での発表が多く、近年は東京都現代美術館、金沢21世紀美術館、国立国際美術館など国内の美術館でも相次いで個展を開催。九五年に毎日芸術賞、二〇〇一年に紫綬褒章、〇八年に小説集『ぶるうらんど』で泉鏡花文学賞、一一年に旭日小綬章、同年度朝日賞、一四年山名賞、一五年高松宮殿下記念世界文化賞、一六年に『言葉を離れる』で講談社エッセイ賞など受賞・受章。一二年神戸に横尾忠則現代美術館、一三年香川県豊島に豊島横尾館が開館。

代表作の数々

平野　今回は横尾忠則さんをゲストにお迎えしています。この〈現代作家アーカイヴ〉ではゲストの作家に代表作を三作選んでいただき、それを柱として話を伺っていくのですが、今回は美術家の方ということで、かなりの点数を選んでいただきました。その作品を見ながら対談を進めていきます。

それでは、はじめにお選びいただいた作品の紹介をしていきます。まずは有名な横尾さんの子どものときの絵「武蔵と小次郎」。五歳のときに描かれたという作品です。これは絵本のなかに出てくる巌流島の決闘のシーンを模写したというものですね。

「武蔵と小次郎」
（一九四一年　四九八×三三八ミリ　紙に鉛筆、クレヨン　作家蔵）

次は初めて印刷物になった高校時代のポスター「織物祭」。その後、グラフィックアーティストとしての作品が続きます。いわゆる画家宣言[*1]以前に描かれたもので、非常に有名な作品の数々（「TADANORI YOKOO」「腰巻お仙」「花嫁」）です。そのなかには三島由紀夫さんの自宅にずっと飾られていた作品（「眼鏡と帽子のある風景」）も含まれています。

そして、画家宣言以降の作品です（「芸術の浄化」「実験報告」）。「Y字路」のシリーズもとても有名ですね（「暗夜行路　N市 - V」）。画家宣言以降の作品は大体が油彩だそうですが、「赤い絵」のシリーズはアクリルで描かれています（「ジュール・ヴェルヌの海」）。

後半はごく最近取り組まれている作品になってきます（「A. W. misses M. D.」「Piccaso misses his wives」）。お堀で泳いでいる女性の絵がいくつものバリエーションで描かれているシリーズ（「49年後」「未完の人生／未完の芸術」）。もとになった絵は一九六六年に描かれた「お堀」で、そのリメイクと言いましょうか、五十年近く経って女性の顔がだいぶ老けているというふうに横尾さんご自身が仰っています。そして「アラビアン・ドリーム」のシリーズですね（「アラビアン・ドリーム　月の砂漠」）。

＊1　**画家宣言**　一九八〇年、ニューヨーク近代美術館で開催された「ピカソ展」に強い衝撃を受け、絵画制作に対して大きな方向付けの確信を持つ。一九八二年の個展をもって、仕事の比重を絵画に移す姿勢を示した。本人が宣言したわけではないにしろ、マスコミには「画家宣言」以後の本格的活動として取り上げられた。

「織物祭」
（一九五五年　西脇市　織物祭協賛会
七五〇×五二五ミリ
紙にオフセット
国立国際美術館蔵）

「TADANORI YOKOO」
（一九六五年　自主制作
一〇三〇×七二八ミリ
紙にシルクスクリーン
ニューヨーク近代美術館蔵）

「腰巻お仙」
（一九六六年　劇団状況劇場
一〇三〇×七二八ミリ
紙にシルクスクリーン
ニューヨーク近代美術館蔵）

「花嫁」
（一九六六年
キャンバスにアクリル
五三〇×四五五ミリ
東京都現代美術館蔵）

カラーインキで描いた横尾の作品は、三島の関心を捉える。そして、特にいつまでも目を離さなかったこの《眼鏡と帽子のある風景》を、横尾は三島に贈りたい旨を申し出るのである。そしてこの絵は、白い口ココ調の三島の邸の中、書斎の書き物机の正面の壁に、一九七〇年に三島がこの世を去るまでずっと、そして主人の死後も、掛けられることになる。（『横尾忠則　森羅万象』より）

「眼鏡と帽子のある風景」
（一九六五年　七〇〇×五四五ミリ　紙にカラーインク　個人蔵）

最後のほうは、豊島横尾館の作品です（「豊島横尾館」）。豊島横尾館には僕はまだ行ったことがないのですが、「滝のインスタレーション」はポストカードを下から上まで貼って

「芸術の浄化」
（一九九〇年
一六二〇×一三〇三ミリ
キャンバスに油彩
徳島県立近代美術館蔵）

「実験報告」
（一九九六年
一九三九×一九三九ミリ
キャンバスに油彩
東京都現代美術館蔵）

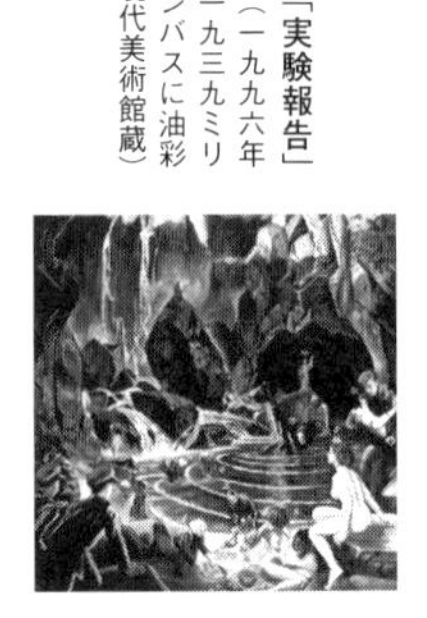

二〇〇〇年以降の横尾忠則の絵画作品を代表する「Y字路」は、横尾が故郷の兵庫県西脇市を訪れた際に撮影した一枚の写真に端を発します。この作品に特徴的な、二つの消失点をもつ左右対称の構図は、以後「Y字路」シリーズとして定着します。また、「Y字路」は、その主題のニュートラルな性質ゆえ、横尾の膨大なイメージの受け皿となり、過去の多様な様式と融合し、横尾芸術の実験場と化していくのです。
（「横尾忠則現代美術館」ウェブサイトより）

「Y字路」シリーズ「暗夜光路　N市－V」
（二〇〇〇年　一三〇三×一六二一ミリ　キャンバスにアクリル　個人蔵）

「ジュール・ヴェルヌの海」（二〇〇六年
二二七三×一八一三ミリ
キャンバスにアクリル、コラージュ
世田谷美術館蔵）

「Piccaso misses his wives」（二〇一四年
二二七〇×一八二七ミリ
キャンバスにアクリル
国立国際美術館蔵）

「未完の人生／未完の芸術」（二〇一五年
キャンバスにアクリル
四五五×五三〇ミリ）

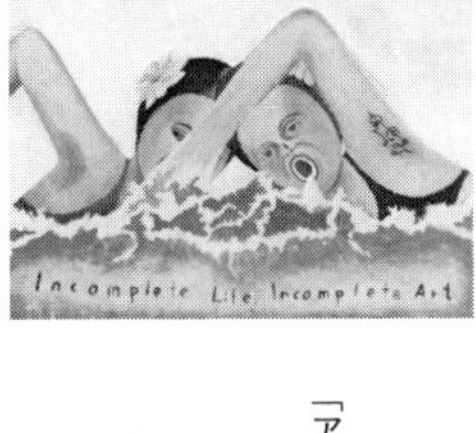

「A.W.misses M.D.」（二〇一四年
二二七〇×一八二七ミリ
キャンバスにアクリル
国立国際美術館蔵）

「49年後」（二〇一四年
キャンバスにアクリル
四五五×五三〇ミリ）

「アラビアン・ドリーム
月の砂漠」（二〇一五年
キャンバスにアクリル
一一六七×九〇九ミリ）

横尾忠則は、三十歳を迎える頃から今に至るまで、「生と死」を主題とし、死と正面から向かい合い制作してきました。豊島横尾館では、これまでの多くの作品の中から、その主題に深く迫る作品が選ばれています。館のために描かれた新作を含む絵画とともに、庭や円筒状の塔に展開するインスタレーションも鑑賞いただけます。(「ベネッセアートサイト直島」ウェブサイトより)

「豊島横尾館」
(二〇一三年　コンセプト、アートワーク：横尾忠則
設計：永山祐子　撮影＝表恒匡)

「滝のインスタレーション」
(二〇一三年　コンセプト、アートワーク：横尾忠則
設計：永山祐子　撮影＝表恒匡)

床の鏡に反射して、すごく迫力のある空間になっているということで、それも今回ご紹介いただきました。

通俗的なものにしか興味がなかった

平野　横尾さんとは時々電話などでもお話しすることがあって、存じ上げている話もあるのですが、せっかくの機会なので画家になる以前から最近の話まで、いろいろなことを伺いたいと思っています。

じつは横尾さんは美術作品だけでなく著作物も多く、自伝的な内容のものもあり、そのなかで十代のことは、『コブナ少年』という本にかなり詳しく書かれています。それからグラフィックアーティストになって、一九六〇年代に上京して以降の話には、『ぼくなりの遊び方、行き方』という本があります。また、インド旅行記の『インドへ』は非常に有名な本です。最近では『千夜一夜日記』という、ここ数年の日記を収録した本を出されています。

これらの著作物からも横尾さんの生い立ちを知ることはできるのですが、あらためてご

『コブナ少年――十代の物語』（文藝春秋、二〇〇一年／文春文庫、二〇〇四年）

『ぼくなりの遊び方、行き方――横尾忠則自伝』（ちくま文庫、二〇一五年）

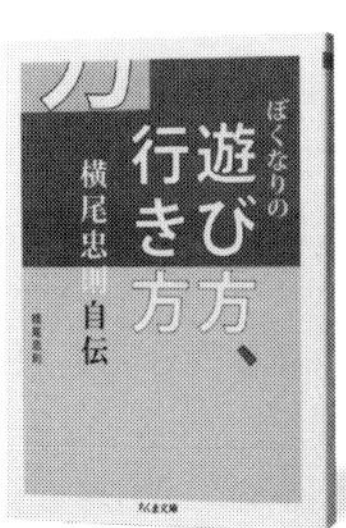

紹介すると、横尾さんは一九三六年六月二十七日、兵庫県の西脇市生まれということで、幼少期、二歳のときに横尾家の養子となられている。子どもの頃、最初に描いた絵はお父様の顔だったというふうに自伝で読みました。

横尾 それは覚えています。ただ、絵心がついたのは何歳ぐらいかな。とにかく気がついたときは絵本の模写ばかりやっていたんですよね。だから僕の絵の原点というのは、やっぱり模写かと思うんです。

先ほどの「武蔵と小次郎」もそうです。「講談社の絵本」というシリーズがありまして、そのなかの一冊、『宮本武蔵』（石井滴水著）のなかに見開きページで巌流島の決闘のシーンがあって、それを描いたものです。まあ、その絵より前からたくさん描いているんですよ。でもいま手元に残っているのが、あの絵だけということです。

平野 これが五歳のときに描かれたものですか？ ちょっと信じられないような緻密な描写で、もとの絵本の絵にそっくりだと思うのですが、当時は周りの大人たちも驚いたので

『インドへ』
（文藝春秋、一九七七年／文春文庫、一九八三年）

『横尾忠則　千夜一夜日記』
（日本経済新聞出版社、二〇一六年）

はないでしょうか。

横尾　いや、僕は兄弟がいないからとにかく独りで遊んでいて、楽しみというのが模写だったんですよ。だから、上手いか下手かというのは自分でもよくわかりませんでした。ただ、「できればそっくりに描きたい」、「作者と一体化したい」という気持ちだったんですかね。

平野　横尾さんは人物を描くときも、たとえば実際にそこにいるモデルを描くとか、あるいは「Y字路」などの風景にしても、実際のY字路の真ん前に椅子を持ってきて描くという手法ではなく、それらがいったん印刷物や写真になったものから作品を描いていることが多いと思うのです。昔から物を直接見て描くよりも、絵本などから描くというほうが面白かったということですか。

横尾　そうですね。絵本というのは、マス・プロダクトされたメディアですよね。だから一度メディアに還元されたものを、さらにそれを写し取る、そのことに興味があって。じつは絵とはそういうものじゃないかと考えていたんですよ。写生をするとか、誰かの人物画を描くとか、あるいは空想画を描くとか、そういったことにはまったく興味がなかったですね。

平野　学校では美術の時間に写生をする機会もあったと思うのですが、それもあまり面白くなかったんですね？

横尾　小学校のときは特に専門の先生がいたわけではないので、美術の先生の教育を受けるようになるのは中学校からですよね。でも、美術の教科書はほとんど記憶にないですね。マネとかモネとか、ゴッホとかゴーギャンとかの作品が印刷されていたんでしょうが、そういう芸術作品に関してはまったく興味なかった。どこが面白いのか、さっぱりわからない。

平野　そうですか。そういう芸術作品を「模写してみよう」という気にもならなかったと。

横尾　うーん、やっぱり通俗化されたものでないとね。子どもはああいうハイレベルというのか、純粋絵画に対しては教養主義を押しつけられるので、そういうものから逃れたいんですよね。

　僕たちの時代は、めんこ、かるた、紙芝居、見せ物小屋とかサーカスとかがあった。そういう鶴見俊輔[*2]風に言うと「限界芸術」に興味があったわけです。僕たちの時代の子どもはみなそうだったんじゃないかなあ。

平野　絵があれほど上手というのは、子どもたちのなかではすごいことで、クラスではヒーローだったんじゃないですか?

横尾　いや、それはやっぱりスポーツが得意な子は人気者になるけれども、絵が上手ぐらいでそうはならないですよ。その人の肉体が発するオーラみたいなものに引かれる、そういう身体性が魅力でしょう。じっとして指先だけ動かして、絵なんか描いてもね。そういうのはいくら上手くてもヒーロー的要素はゼロに近いと思いますよ。そのために自分が突出しているとか、そんなふうに思ったことはいっさいないです。

夢と日常の区別がない日記

平野　先ほど、「空想画には興味がなかった」と仰っていましたが、一方で「夢」を絵に描くことはあると自伝のなかで書かれていました。夢というのも横尾さんの絵のモチーフとして、その後もずっと大きな意味を持ってきますが、最初はご自分が見た夢を書き留めておこうということだったのですか？

横尾　夢の絵はね、僕が小学二年生のときに、家の前の電柱に大きな竜が黒雲に乗ってやってきて、その電柱に巻きつくという夢を見たんですよ。そのことを父親に話したら、自分が辰年だからその絵を描いてくれと言うんです。父親からそう言われて、仕方なしに描いたんですよ。それが最初の夢の絵です。それからしばらくたって、二十代後半から日記もつけだして、同時に夢日記も書くようになって、そんな日記帖がもうずいぶんな数で五十冊以上になります。

平野　横尾さんの日記の話が出たので少し伺いたいです。日記がそんなに長く習慣として

＊2　**鶴見俊輔**　一九二二 - 二〇一五年。哲学者。著作に『戦時期日本の精神史』、『日常的思想の可能性』など。限界芸術とは、芸術と生活との境界線にあたる芸術を指す。非専門的芸術家によって作られ、大衆に享受される。

続くというのは大変なことだと思うのですが、「絵を描くこと」と同時に「日記を書くこと」に何か意味があったのでしょうか？　日記につけておくと、絵を描くときの考えの整理になるとか。

横尾　いや、そこまで考えなかったですね。習慣化されてくると、朝に顔を洗ったり、夜にお風呂に入ったりするのとそう変わらない。そういう感じで一日を締めたり、夜に見た夢を忘れないために朝に書くとかね。まったく苦にならないから続けてきただけで、いつかこれを絵のテーマにしようとか、まとめて本を出そうとかいう発想は全然なかったですね。意味がないから続いたんでしょうね。

平野　横尾さんはツイッターアカウントも持っていて、日々のツイートもすごく面白い。横尾さんはアーティストではあるけれども、もう一方で著述家でもあって、そのなかで特に日記が読んでいていつも面白いなと思うんです。ご自身で読み返したりされるんですか。

横尾　それはしないね。たまたま活字になった場合は校正をしますけどね。

昔は、「普通の日記」と「夢日記」と両方つけていたんです。最近は、だんだん日常そのものが夢化してきて、夢そのものが日常化してきたので、それに夢も日常も本来は一つのもので、それを相対的に捉えること自体がむしろ不自然だと思うので、夢のことを書いても「これは夢です」と書かなくなりました。そうすると、知らない人は僕の日記を読んで、「とんでもないことをしてんだな」って思ったりするんでしょうね。とにかく、僕のなかでは夢と日常は区別しないほうが面白いし、加齢とともにだんだんその方向に行ってますね。
　僕は自然主義的な絵を描いているわけではない。現実を描いた絵のなかに、想像した絵を加えたりする作業は、それ自体が日常と創作が一体化したものでしょう。だから、日記も夢と同化していていいんじゃないかと思います。

細胞のなかに定着した死の恐怖

平野　ちょっと時間を巻き戻して、アーティストになる以前の話に戻りたいと思います。横尾さんがちょうど幼稚園に通っていた頃、日本は太平洋戦争に突入します。戦時中の記憶もいろいろ本に書かれていますが、そのときの戦争体験は創作活動に大きな影響を及ぼしているのでしょうか。

横尾　影響を及ぼしているかどうかはわからないけれども、戦争というのは死と直結するものなので、死の恐怖、それがとにかく非常に強かったですね。戦争で死ぬかもわからない、と。それから僕は養子でもらわれてきて、両親が二人とも老人だから、相当早くに僕は親を失うなという不安感がずっとあった。親が死ぬことがすごく怖かった。
　一方では、社会的現実としての戦争がありますよね。それはそれで非常に怖い。戦争がだんだん近づいてくる感覚が怖かったです。最初は新聞やラジオの大本営発表で、日本は南方で素晴らしい成果を挙げているというのが伝わるわけですね。僕は終戦を迎えたのが小学三年生のときですから、子どもにとっては日本が勝っているのか負けているのかわからなかった。でも、現実に本土空襲が始まったら、山の向こうの明石や神戸で空が真っ赤になるじゃないですか。爆弾が落ちるたびに、かなり離れているんだけれども、家のガラスが振動するんですよ。ガタガタ、ガタガタガタ。それは怖かった。

そういったものと警戒警報、空襲警報ということになると、サイレンがやたらと鳴るわけですよね。それでだんだん空襲が近づいてくる。つまり、死が近づいてくるという恐怖。これは観念的なものというより、非常に身体的なものなんですね。それがずっと僕のなかに、肉体の細胞のなかに定着した形で入っているのかな。だから絵を描いても何をしても、死のイメージがどこかしらに出てくるんじゃないですかね。いちいち「戦争の体験を絵にしよう」なんて思わないけれども、細胞が記憶している。

平野 そうですか、それが小学校の頃の記憶なのですね。そうして戦争が終わって、一気にいろいろな文化が海外から入ってきます。その後、横尾さんは高校時代に美術の先生の影響で油絵を描き始めたということです。先ほど純粋芸術というようなものにはずっと無関心だったと仰っていましたが、その頃から少しずつ、いわゆるアートというものにも興味を持ち始めたのでしょうか?

横尾　いや、そういうアート的関心は全然持ってなかったですね。その頃は、僕は郵便屋さんになりたかったんです。だから、何としてでも「郵便局に勤めたい」という気持ちのほうが強くって。「画家になりたい」とか「絵で身を立てたい」とか野心や野望と向かい合って、しのぎを削って絵を描くなんてしんどいことをしたいと思わなかったです。「趣味でやる分にはいいけど」というほどで、郵便局に勤めながら日曜画家として絵を描くくらいのことしか思っていませんでした。

自分のスタイルがない

平野　ただ、この頃からコンクールで入賞し始めて、先ほどの高校時代の作品「織物祭」のポスターも一等入選ですよね。自分に画才があるということをだんだん感じ始めたのではないですか？

横尾　まあね、画才に気づくというよりも、職人的にただ描くのが好きで、高校時代には全国高校油絵コンクールとか県展とか市展とか、機会があるたびに出品していたんです。そうすると入選したり。でも何でこの絵が入選したのか、絵に対する意識がないので自分にはよくわからないんですよ。それがわかれば自信もつくんだけれど。だから賞が与えられても、逆に不安感が募ってくるんです。「何でこれがいいのかわからない」という。

いろんな展覧会に出すたびに賞をもらったりして、学校としてはＰＲになるんですね。それで朝会のときに校長先生が表彰状をくれるんだけど、その回数が多くてだんだん恥ずかしくなってしまって、朝会が始まると「嫌だな」と思っていました。

平野　賞状をもらいすぎて、恥ずかしくなってきたのですね。

横尾　もらいすぎてというのは、たしかにそうなんですね。そのうち絵を描く時間が間に合わなくなってきて、コンクールというのはいっぱいあって、片端から出していたからね。そうすると、二重取りで賞をもらう。これはばれたら困るんだけど、幸いばれなかったから余計回数が増えちゃうんですよね。でも、それよりも何よりも僕は郵便屋さんになりたかった。

平野　当時の作品でも、たとえば「岩と水」のような本当に絵画らしい作品と、「織物祭」のようなグラフィックの作品の両方で賞を取られていますけど、ご自分としてはどちらが手応えあったんですか？

横尾　いや、僕はいまでもそうですけど、自分のスタイルみたいなものがまったくない人なんです。いま、目の前にある作品に関してのスタイルはあるんですよ。だけど、このスタイルが僕のアイデンティティを証明するスタイルかどうかというと、まったく自信がないんですよ。だから次のテーマで依頼されると、今日描いた作品とまったく違う作品ができてしまうんです。

それは逆に、自分に対する不信感から、核になるものがないから、いろんなスタイルに目移りがするんですよね。だから面白くないと言えば、面白くない。充足感とか達成感がない。よその学校の連中なんかとも絵を通して交流があるんだけども、「おまえはまったくスタイルがない」と批判されるわけです。これはもう強烈な批判なんですよ。「どうしたら、スタイルができるのかな」と考えてもだめで、気が多いので目の前にある他人のものをすぐそのとおりにまた描きたくなってしまう。

先ほど平野さんが言ってくれた「岩と水」と「織物祭」もそうです。同じ時期に描いていて、全然違うスタイルです。同一人物が描いたとは思えないでしょう。まあ、絵画とグラフィックというメディアは違うけれど。

平野　十代の頃は誰もが、「自分って何者なんだ」ということをすごく悩む時期だと思うんですけど、多くの人はまだ何も芽が出ないまま悶々としている。でも横尾さんはすでにいろいろなことをやって、それがけっこう評価もされているなかで、やはり悩んでいたという話はすごく面白いですね。

美大受験も郵政研修所試験もなくなる

平野　そのあと、横尾さんは絵の才能を美術の先生に認められて、美大を受験することになりますね。ところが不思議ないきさつで、受けるつもりで東京に行ったけれども、前日になって先生から「明日の受験はやめて帰りなさい」と言われ、そのまま家に帰る。結局、美大には行かなかったというエピソードがありますが。

横尾　僕本人は「郵便屋さんになりたい」という一心なのに、校長先生が「郵便屋さんなんかになるな。君も教わった美術の先生が東京に帰ってあちらにいるので、その先生を訪ねていって画家になりなさい」と。その先生は、武蔵野美術学校（現・武蔵野美術大学）出身だったんです。その先生を頼って行きなさいと言うわけです。僕は望んでいなかったんだけど、親と担任と、その東京に戻った先生の三者会談なんかがあったんじゃないかな。「とりあえず横尾を受験だけさせてくれ」と

いうので、東京の先生も「わかりました」となったんです。

僕はもう郵便屋さん一本に決めているから、就職コースと受験コースがあったんですが、二年生のときにもう就職コースに入っちゃったんです。先生は「とにかく君は絵だけ描いてくれ」、「学校のPRになるから」と。だから「勉強はいっさいしなくてもいい」、「後のことは任せなさい」、「追試験を受ければいい」みたいなことだった。ところが三年生になった途端に、今度は「美大に入れ」というわけでしょう。大学を受験する勉強なんてしてないですよ。それで急遽、進学コースに編入させられ、家庭教師をつけられ一年間ガリ勉です。その間、絵を一点も描けなかった。

それで、いよいよ受験しようと東京に行き、その先生の家で十日ぐらい居候しながら、絵のデッサンの練習をしたんです。先生の出身校でもある武蔵美の油絵科を受ける予定で、そこはデッサンが良いか悪いかで決まると聞いていたのでやったこともない石膏デッサンの特訓ですよ。でも先生としては、僕なんて田舎の子だから「どうせ入れないだろうな」とたかを括っていて、「受験だけして帰ればいいじゃないか」と思っていたんでしょう。

ところが、僕の絵を見る先生の顔色がだんだん変わってきたように思えた。「あれ、僕は上手くなってきたのかな」と思ってさ(笑)。やっぱりそうだと思うんです。上手くなってきたらしいんですよ。一週間か十日の間にもデッサン力がついてきた。そうしたら先生は、もしこの子が受験して入ってしまったら大変なことになると思ったわけ。面倒見なきゃいけないですからね。

その頃、親は二人とも無職でしたから、僕はバイトをして授業料を払って、家に仕送りもするなんて甘い無茶苦茶な発想をしていたわけ。先生は非現実的な考え方だと思っていたけど、校長先生がワアワア言うから受験だけさせてやるという、そういうことで僕を預かったんだと思うんです。

いよいよ明日の朝、試験だというときに、先生が酒気を帯びて帰ってきてね。「おい、横尾君」と布団の上に座らされて、「ちょっと話がある」と。「結論から言うけど、明日の試験を受けずに帰ってくれ」と。「その理由はわかっているだろうな」と言うんですよ。そう言われても、僕はよくわからないわけ。それでも、先生の言うことは絶対みたいなところがあったのかな、言うとおりに受験せずに帰ったんです。

僕は先生からそう言われたその瞬間、「これで郵便局に入れる」と思ったのね。絵描きにならなくていいんだと。それで、うきうき気分で帰ったわけですよ。家に着いたら、「どうしたんや、病気になったのか」と母親は言う。「いま頃みんな試験やってるわ」みたいな感じだったけど、何より僕が帰ってきたことに両親も大喜びしてくれて、そこで僕の人生が変わってしまったんです。その年は、もう京都の郵政研修所の試験も全部終わっていたんです。帰ってきたけど、受けられるところはどこもなかったんですね。

上京してグラフィックデザイナーに

平野　西脇市に帰られた後は、地元の印刷会社が横尾さんの「織物祭」のポスターを見ていて、そこから「うちで働かないか」と声をかけられて就職し、その後めきめき才能を現していきます。神戸新聞社に入り、そのあと上京して日本デザインセンターに勤務するというふうに、グラフィックデザイナーとして社会で働き始めるんですけど、その頃はグラフィックデザインが面白いという感じも出てきたんですか？

横尾　地元の印刷所ではなく、加古川市の印刷所が僕の「織物祭」のポスターが入賞した新聞記事を見て、「うちに来ないか」と言われたんです。グラフィックデザインという名前も知らないまま職業に就いちゃったから。見よう見まねでやるわけですよ。そうすると、またそれで賞をもらっちゃうわけです。賞をもらうとまた悩んでくる、自信がないことに対してね。ずっとそうなんです。たぶん、絵にしてもデザインにしても歴史的な知識がゼロだから、無手勝流が逆に新鮮に見えたのかもしれないですね。

だから、僕の意思とは無関係に妙な他力が働いて、それによって「右へ行きなさい」、「左へ行きなさい」みたいな感じでふらふらとやっていた。良くいえば素直、悪くいえば優柔不断だね。自分の意思とか主体性がないわけだから。印刷会社に行くのもそう、神戸新聞に入るのもそう、その後東京へ出てくるまで無心と言うと格好よすぎるけれども、それに近い感覚でした。
　執着とか欲望が子どもの頃からなかったみたいですね。たぶん親のせいだと思うんですよ。一人っ子で親が僕を溺愛したのでね。ある意味では頑固なんだけども、自分の行動に関しては親がつねにサポートしてくれないと自分で主体的に動けない、そんな傾向が十代の間にできちゃったんですよね。十代というのは、人間の人格ができる大事な期間じゃないですか。そのときに僕の大半ができてしまった。だから、いま第二の十代を生きているのかなと思う。

平野　デザインの仕事を始めた当時、影響を受けたデザイナーとか、好きだったデザイナーというのは誰かいますか？

横尾　当時、日本宣伝美術会という大きな職業団体があって、そこで賞を取らないとデザイナーとしての資格というか評価が得られないわけです。文学でいう芥川賞みたいなもので、そこを通過しないでデザイナーになるのは非常に難しかった。僕はたまたまそれに通って、東京に出てこられたんです。そして、僕が入った日本デザインセンターは、日本の中堅クラス、トップクラスが全部いる会社ですから。どう言ったらいいのかな、怖かったですね。
　だって、一番偉い人が東京オリンピックのポスターを作っている亀倉雄策[*3]さん。あとは中堅クラスと言ったって、田中一光[*4]さんとか永井一正[*5]さんとか宇野亜喜良[*6]さんとか、周囲を見ればそういった人たちばっかりじゃないですか。そこへ二十四歳のときに、関西から来ていきなり入っちゃった。関西弁も抜けてないし。まあ、いまも抜けてないんだけど（笑）。喋ってお里がばれちゃうっていうのがすごく恥ずかしくって。いまはよく喋るけど、その頃はものすごい無口だった。

六〇年代の時代を作った人物たち

平野　そこで商業デザインをしながら、今度はだんだんアート関連のポスターなども制作されていきますね。そのなかで、いろいろな方に出会ったのだと思いますが、じつは細江英公[*7]さんや寺山修司[*8]さんとは、東京に行ってからかなり早い時期に会っているんですね？

＊3　**亀倉雄策**　一九一五－九七年。グラフィックデザイナー。代表作にフジテレビジョンの旧ロゴマーク（8マーク）やNTT（日本電信電話）のロゴマークなど。

＊4　**田中一光**　一九三〇－二〇〇二年。グラフィックデザイナー。代表作に西武百貨店の包装紙、無印良品のトータルデザインなど。

＊5　**永井一正**　一九二九年－。グラフィックデザイナー。代表作に札幌冬季オリンピックオフィシャルマーク、アサヒビールのロゴマークなど。

＊6　**宇野亞喜良**　一九三四年－。グラフィックデザイナー、挿絵画家。寺山修司が主宰した劇団「天井桟敷」のポスターやマックスファクターの広告など。

横尾　わりかし早いですね。三島由紀夫さんが『薔薇刑』という写真集を作るというのを、新聞の片隅で見たんですよ。その写真を撮ったのが細江英公さんだっていうから、「じゃあ、僕はその本の装丁をやりたい」と思って、面識のない細江さんのところに訪ねていった。あとで知ったんですが、細江さんはエッセイで、そのときのことを「どこの馬の骨ともわからない若いデザイナーで、三島由紀夫をテーマにした、俺にとってものすごく大事な作品集を「俺にデザインさせてくれ」って来たやつがいた」というふうに書いているのを読みました。いや、僕にもそのぐらいの大事な仕事だってことはわかっていたんだけれども、僕は以前から三島さんのファンだったわけです。だから、ぜひそれを作りたかったという気持ちで、そこが三島さんと知り合うきっかけになりました。

寺山修司さんを知るきっかけは、ある日、細江さんが電話をかけてきてくれて、「宮城まり子[*9]を主役にした「りんごのうた」というミュージカルを作る。その台本を書いたのは寺山修司で、そのポスターを作ってくれ」と言うんで、そこで寺山さんとも親しくなって。そのあと寺山さんが唐十郎[*10]さんを紹介してくれた。

それから土方巽[*11]さんは、田中一光さんが頼まれたポスターを「どうも自分には向いてない。横尾君のほうが土着的だからいいかもしれない」と言うので、土方さんのポスターを作るようになった。そのあたりから、六〇年代の時代を作った非常に重要な人物に、短い時間で次々と会うことになったんですね。

三島由紀夫との出会い

平野　ちょうど名前が出たので、横尾さんに非常に大きな影響を及ぼした三島由紀夫について、少し伺いたいと思います。横尾さんが三島さんに初めてお会いになったのは、すでに独立されて、イラストレーターとして作品を出されてからのことですね。展覧会の会場で三島さんに会ったということだと思うんですけど。先ほども三島さんのファンだったと仰っていましたが、小説もかなり読んでいたのですか？

横尾　僕は神戸で二十歳でうちのかみさんと知り合って、同棲したんですね。そのときに彼女が、三島由紀夫の『金閣寺』を図書館から持って帰ってきて、家のなかに置いていた

＊7　**細江英公**　一九三三年-。写真家。写真集に三島由紀夫の裸体を被写体とした『薔薇刑』、秋田の農村を舞台に舞踊家の土方巽をモデルにした『鎌鼬』など。

＊8　**寺山修司**　一九三五-八三年。歌人、劇作家。劇団「天井桟敷」主宰。著作に『田園に死す』（歌集）、『書を捨てよ、町へ出よう』（エッセイ）など。

＊9　**宮城まり子**　一九二七年-。歌手、女優、映画監督。代表曲に「毒消しゃいらんかね」など。肢体不自由児養護施設「ねむの木学園」を設立。

＊10　**唐十郎**　一九四〇年-。劇作家、作家。一九六二年に状況劇場を結成。『少女仮面』（戯曲）、『佐川君からの手紙』（小説）など。

＊11　**土方巽**　一九二八-八六年。舞踏家。代表作に『四季のための二十七晩』、『静かな家』など。

んですよ。僕はそのとき、「三島由紀夫を読むような女性と結婚生活に入ろうとしているわけか、これはちょっと問題だな」と。僕がなりたかったのは郵便屋さんで、三島由紀夫を必要とする文学的な素養はないし、とにかく「これは困った」と（笑）。だけど、知り合って一週間で一緒に住むようになっちゃったからさ、かみさんのこと何にもわかんないわけですよ。

もしわかる手だてがあるとすれば、その『金閣寺』ですよ。でも、何が何だかさっぱりわからない。それまで僕は大人の小説をいっさい読んでなくて、江戸川乱歩[*12]の少年ものとか、南洋一郎[*13]の密林ものしか読んでなかったわけです。とにかく難解で、まったくわからない。漢字だって読めない。「これを読む人と生活できないな」と思った。

ところがあとでわかったんだけど、かみさんは僕と結婚して以来、もう六十年も経っているんだけれども、小説を全然読んだことない人なんですよ。あのときは「ええとこ見せよう」と思って持ってきただけで、彼女は『金閣寺』なんか読んでないんですよね（笑）。でも、僕はあのときに『金閣寺』を読んでいなければ、三島由紀夫に対して関心を持つことはなかったと思う。さっぱりわからなかったけれども、初めて気になった作家だったんです。それで東京へ出てきて、そんなに時間も経たないうちに、道で三島さんにばったり会ったりしてさ。

平野　見かけたということですか？

横尾　ばったりと言ったって、向こうは僕を知らない。僕のほうが三島さんを知っているだけで、「おっ」という感じ。公衆電話が並んでいるところで電話をかけていたら、三島さんが隣にきて電話をかけ始めたんです。僕はもう電話どころではなく、話もできなくて切っちゃった。もちろんまだ知り合っていないので、話かけることもできませんでしたけど。

それからずっと経って、日本デザインセンターを辞めてイラストの個展を開いたときに、三島さんに案内状を出したんです。そしたら、三島さんが来てくれたんです。

平野　一九六五年ですか。そのときに、先ほど紹介したなかにもあった絵を三島さんが気に入って、その前にずっと立っていたということでしたね。それで、その絵を横尾さんがプレゼントして、いまでも三島邸の書斎に掛かっているのですね。

横尾　そうです。えらく気に入ってくれたんですね。でも、あの絵はそんな三島さんを惹きつけるような魔術的な力がない可愛い絵ですよ。すごくメルヘンチックな絵です。三島さんはビアズレー[*14]や竹久夢二[*15]や蕗谷虹児[*16]が好きだから、そういうメルヘンチックな要素が

＊12　**江戸川乱歩**　一八九四‐一九六五年。推理小説家。作品に『D坂の殺人事件』など。『怪人二十面相』などの児童ものでも幅広い人気を集めた。

＊13　**南洋一郎**　一八九三‐一九八〇年。児童文学作家。『吼える密林』、『南海の秘密境』など南海を舞台にした冒険小説、『怪盗ルパン全集』など。

僕のあの絵のなかにあったのかなと。その系列で気に入ってくれたのかなと思ったんですよね。

数多くのエピソードから三島論へ

平野　実際に会って、喋ったときの印象はどうでした？

横尾　三島さんは会場に入るなり、入り口に掛けてあった僕の絵を見て、そこにはアメリカ人のヌードの後ろに朝日が出ている絵だったんですが、すごく大きな声で「帝国海軍とアメ公か」って言ってワッハッハッハと笑っていましたね。アメリカ嫌いだからさ、アメリカの女性のことを「アメ公」なんて言っちゃうんですよね。

僕は奥のほうに居たんですが、出ていって三島さんに挨拶して、来てくれた御礼を言ったんです。何て言っていいかわからないから、「三島さんの小説のファンです」と嘘ばっかり言ったんですよ。そうしたら三島さんはギロッとこちらを睨んで、「つまんないこと言うやつだな」みたいな顔をしたんですよ。「ああ、もうこれで終わりだな」と僕は思いました。小説のファンなんてこと言わないで、「『からっ風野郎』[*17]の映画を観ました」とか、「なかなか上手いお芝居だったですね」とか言っとけば機嫌よかったんだけどさ。

平野　もうその頃、メディアに出ている三島由紀夫という人をよく見ていたんですね？

横尾　もちろん。三島さん、あの頃は本当にすべてのメディアを横断していましたからね。

平野　横尾さんご自身も、その後アーティストとしてメディアに出るようになりますが、三島さんからかなり影響を受けたと仰っていましたね？

横尾　そうね。三島さんのような有名で聡明な文学者が、通俗的なテレビとか女性週刊誌のグラビアに出たりしているのを見て、「ああ、これだったら僕もできる」と思った。そういう影響を受けましたね。

平野　三島さんのメディアへの出方、社会との接し方が面白いと感じたんですか？

横尾　面白いと思いました。行動する作家としてね。まあ、週刊誌のグラビア写真に出るのが行動かどうか知らないけれども、広い意味でメディア、通俗的なものを含めてすべてのメディアを片端から横断していく三島さんの姿は、パワーというのか、いままでの文学者と全然違う。「これは学ぶべきものだな」と僕は思ったんでしょうね。

＊14　**ビアズレー**　オーブリー・ヴィンセント・ビアズリー。一八七二－九八年。イギリスのイラストレーター、作家。作品にトマス・マロリー『アーサー王の死』の挿絵、オスカー・ワイルド『サロメ』の挿絵など。

＊15　**竹久夢二**　一八八四－一九三四年。画家、詩人。独特の可憐な美人画を描いた。画集に『春の巻』など。

＊16　**蕗谷虹児**　一八九八－一九七九年。画家、アニメーション監督。画風は少女の感性に添った線描画で、自ら「抒情画」と称した。詩画集に『睡蓮の夢』など。

＊17　**『からっ風野郎』**　一九六〇年公開の映画。監督は増村保造。三島由紀夫が映画俳優として初主演した作品。若尾文子が相手役のヤクザ映画。

平野　最初の出会いでは、ちょっと好印象を得損なったという手応えだったのが、その後だんだん交流が頻繁になっていきます。何かきっかけがあったんでしょうか？

横尾　きっかけは、あの絵を三島さんに差し上げたことじゃないですか。ちょうどそのときは三島さんの自宅が改装中だったので、帝国ホテルに住んでいました。二カ月くらい経った頃、改装した家にその絵を掛けたいんだけれども、どこにしたらいいのか選定してほしいというので呼ばれて、初めてお宅に行ったんです。そこからわりかし親しいつきあいが始まったんです。

平野　三島由紀夫という存在は、その人間性からもかなり影響を受けたと思うのですが？

横尾　そうですね。最初に会ったときの三島さんのルックスそのものが、すごい面白かったですよ。ポロシャツを着て、胸をはだけて胸毛を見せて。でも、まだ寒い季節でしたから、腕には鳥肌が立っているんです。しかもその腕に、注射の跡に貼る白い絆創膏が貼ってあるんですよ。そんな病弱なところを見せる人じゃないと思っていたんですが、むしろそれを自慢しているように見えたんです。普通、注射を打って一、二分であんな絆創膏は取って捨てちゃいますよね。それを延々とくっつけたままで銀座までやってきた。そういう三島さんが面白かった。

下はすごく細いパンツを履いていて、足元を見たらヨットシューズですよ。茅ヶ崎とか葉山なんかでは似合うけど、銀座のど真ん中で。そして持っているバッグがラグビーボールの形をしているわけですよ。それにもみあげがやたらと長くて、大工さんみたいな顔をしているわけだしさ。そういうルックスに三島さんの内面が全部出ているなと思って。一瞬にして受けた印象が全部、僕の三島論につながっていくんです。それは間違いなかったですね。

平野 レストランでのエピソードも印象的ですね。

横尾 あのときはね、三島さんと『憂国』[*18]という映画を試写で観て、「横尾君、帰りちょっとさ、ステーキ食いに行こうよ」と言うから、銀座を二人で歩いてレストランに向かったんです。あの銀座通りですよ、三島さんは身長が低いんだけども、そのオーラに圧倒されるのか、ワッと人が左右に分かれて道ができるんですよ。モーセの出エジプト記で海が割れるみたいに人波が分かれて、その真ん中を三島さんと歩いている僕も気持ちいいんですよ。少し恥ずかしい気持ちもありましたけどね。三島さんは、周りのみんなに聞こえるように大声で喋るんです。どうでもいいことを喋り続ける。

途中まで行ったら、三島さんが「ちょっと俺、洋服屋さんに寄って行くから。横尾君、先にケテルっていうドイツ・レストランへ行ってくれ」と言うので別れたんですが、レス

＊18 **『憂国』** 一九六六年の映画。三島が六一年に発表した小説『憂国』を原作とする。三島自身が監督・主演などを務めた。二・二六事件の外伝的作品。

トランに着くと三島さんも同じぐらいの時間に着いたんです。たぶん洋服屋へ行くというのは口実だったんですよ。本当に洋服屋を回ってそこで用をしていたなら、僕と同じぐらいの時間に着くはずがないわけです。その洋服屋へ行く通りがものすごく人通りが多く、たんにそういうところを歩きたかっただけなんですよ。

それでレストランに入ったわけですが、誰も三島さんに気がつかなかったのね。僕も「あれ、誰も気づかないな」と思うくらい。お客さんたちはみんなざわざわ食事している。そうしたら三島さん、おもむろにカウンターのところへ行って、そこにある電話でものすごい大きい声でね、「もしもし、三島由紀夫ですけども」と言って電話をかけるわけです。お客さんは一斉に、「え、三島由紀夫？」みたいな感じで顔を上げるわけです。しかもカウンターに背をもたれてわざわざこちらを向いて電話するんです。お客さんたちは、まるで観客ですよ。そうやって最初に一発注目させて、後はどうでもいい内容を喋って「じゃあ、ひとつよろしく頼むね」と電話を切って席に戻ってくる。そこからは、もうレストランにいる全員が三島さんを認識して、その瞬間からシーンとなっちゃうんですよ。

三島さんはこういうエピソードが多いんだけども、それらが最後に割腹自殺する、あの三島へとつながるんですね。非常に感覚的だけれども論理的であり思想的であるものが、全部そういうちょっとしたところに出てくるので、三島さんの本を読む必要はないと僕は思ったんですよ。本を読んでいるより面白い、もっとよく理解できるみたいな感じで。あんなにわかりやすい人はいないんじゃないですかね。

一九六七年のニューヨーク

平野　一九七〇年に三島由紀夫が亡くなって、その前後で横尾さん自身の御仕事も変わっていくところがあったと思います。六〇年代、日本では横尾さんのポスターはかなり注目されました。最初に見た作品でもあったように、「腰巻お仙」はじめ代表作をどんどん描かれていて、その頃の仕事の手応えというのは、いま振り返られてどうですか？

実際、文学や芸術の関係の人たちから横尾さんの作品はすごく支持されたと思うんですけれど、それでもやっぱり自信がなかったのか？　それとも、アーティストとしての自信がだんだん芽生えていった時期だったのか？

横尾　その頃、自分でも見たことのないポスターができたので、「これは面白いのができたな」と思ったんです。そのあと連続的に作っていって、デザイナー以外のいろんな人たちが僕のポスターを必要としてくれて、彼らの仕事とコラボできるようになっていった。そのときは自信ができましたね。それを評価してくれる人たちが、その時代の最先端の文化人ばかりだから、たしかに大きい自信につながりましたね。郵便屋さんは消えました。

平野　グラフィックデザインの世界というよりも、どちらかというと文学者が横尾さんの作品に反応していたという感じだったんでしょうか？

横尾　あの時代のグラフィックデザインは、一九六〇年に世界デザイン会議があって、そこからいっせいに、「これからのグラフィックは、モダニズムデザインだ」という運動が始まったわけですね。そんなモダニズム全盛の矢先に、僕はモダニズムが排除したものを拾ってきて、それを作品にした。そういうわけだから、「余計なものを作ってくれたな」という考え方が、日本のデザイン界の、その時代のトップの評論家たちにあって、僕にはどこか批判的だったんです。

でも、その頃から急にアンダーグラウンド的なものが日本のヤングカルチャーに刺激を与え始めて、若者文化のオピニオンリーダーの一人になって、若い人たちの支持を受けるようになっちゃったんですね。それからは、僕は他の文化人たちと一緒に仕事をするようになったので、自然にデザイン界から足を洗うような方向に来てしまったんですよ。

平野　考えてみると、六〇年代に「いまこそモダニズムだ」と言い始めるのも、時代的にはかなりずれていて、やはり横尾さんの作品が先を行っていたという感じですね。国内での評価とは別に、一九六七年には「状況劇場」や「天井桟敷」のポスターがニューヨーク近代美術館にパーマネント・コレクションとして収蔵されます。横尾さんご自身もその年にニューヨークに行かれて、海外で自分の作品が評価されていることを実感されたのではないでしょうか？

横尾　一九六七年というのは、ビートルズが『サージェント・ペパーズ・ロンリー・ハーツ・クラブ・バンド』を出した年なんです。その年に僕はニューヨークに四カ月近くいるんだけども、その頃のニューヨークが最も熱かったですね。ベトナム戦争も激しいし、人種差別もあるし、いろんな社会運動が重なっていた。そこにドラッグというのも入ってきて、サイケデリック・ムーブメントが起こる。それから、インドからはハレ・クリシュナ[*19]の宣教師たちがヒンズー教の布教をしているとか、禅が流行しているとか、とにかくありとあらゆるものが六七年に全部集約されていたんです。そこへ僕が行った。

その一年前でも一年後でもだめだった、と思うんですよね。六七年に行けたことがよかったかなと思っています。美術のほうではポップアート全盛ですよ。アンディ・ウォーホル[*20]、ジャスパー・ジョーンズ[*21]、ロバート・ラウシェンバーグ[*22]、フランク・ステラ[*23]、とにかくす

＊19　**ハレ・クリシュナ**　クリシュナ・コンシャスネス（意識）の運動をする宗教教団。インド人のA・C・バクティヴェーダンタ・スワミ・プラブパーダが布教を開始した。

＊20　**アンディ・ウォーホル**　一九二八‐八七年。アメリカの画家、芸術家。ポップアートの代表的存在。有名人やキャラクターなどのイメージをシルクスクリーンの方法で作品化。映画製作も手掛けた。

＊21　**ジャスパー・ジョーンズ**　一九三〇年‐。アメリカの画家。ネオダダやポップアートの先駆者。アメリカの国旗、地図、アルファベット、数字などの記号を抽象表現風の筆触で描く作品など。

＊22　**ロバート・ラウシェンバーグ**　一九二五‐二〇〇八年。アメリカの画家。ネオダダやポップアートの代表的な芸術家。人物や物体のイメージ、あるいは鳥獣の剥製などのオブジェを絵画と一つにしたコンバイン・ペインティングと称する作品を制作。

ごい人たちがいるところへ行っちゃったわけですよね。

平野　横尾さんがウォーホルとかジャスパー・ジョーンズに会ったのも、この六七年の滞在のときだったんですか？

横尾　そうですね。あちらに行って最初に僕が連絡をしたのは、ジョン・ウィルコック[*24]という作家です。その作家が日本へ来たときに、僕のポスターを買って帰っていたんです。それで僕が彼に電話したときに「ウォーホルが夕べ来たところなんだよ。君のことに関心を持っている」って言うので、その日の夕方に行って会ったんですよね。その後、ジャスパー・ジョーンズ、ラウシェンバーグ、トム・ウェッセルマン[*25]とか、バタバタバタバタといろんな人に会いましたね。

平野　ウォーホルとかジャスパー・ジョーンズの作品を見て、ご自分もむしろポップアートのフィールドで油絵とか描きたいというふうには思わなかったですか？

横尾　ウォーホルは僕と同じで、アーティストの前身がグラフィックデザイナーなんですよ。同業者だったんですね。ただ、彼がグラフィックからポップアーティストとしてペインティングに転向したとき、それまでの自分の過去を全部隠蔽してしまったんです。アメリカでは、コマーシャルアートをやっていた奴がファインアートをやったって誰も信用しないんです。アメリカってそういうところなんですよ。

日本では、その辺は平面的になっているけれども、向こうははっきり垣根がありましたね。だから、ウォーホルも過去の歴史を捨て去らないと転向できなかった。だけど、あのとき僕は向こうへ行って、ポップアート的要素をグラフィックデザインのなかに持ち込みたいとは思ったけれども、自分がポップアーティストになるというのは、そこまでまだ気持ちの準備ができてなかったですね。ウェッセルマンは、「ニューヨークで絵を描け」と言ってくれた。僕の絵を気にいってくれて、彼の版画と僕の作品集と交換しました。

サンタナのアルバム・ジャケット

平野　横尾さんは音楽との関係も深いのですが、じつは僕自身も横尾さんの存在を初めて知ったのは、中学生のときにサンタナの『アミーゴ』[*26]というアルバムを買って、「これ、日本人がデザインしているんだ」というので「横尾忠則」という名前を知りました。その

＊23　フランク・ステラ　一九三六年-。アメリカの画家、彫刻家。ミニマル・アートの第一人者。装飾を廃した究極のシンプルさを求める手法を確立。

＊24　ジョン・ウィルコック　イギリス出身のジャーナリスト。一九六九年にアンディ・ウォーホルと共に雑誌『インタヴュー』を創刊。

＊25　トム・ウェッセルマン　一九三一-二〇〇四年。アメリカの画家。ポップアートの代表的な芸術家。従来の裸体画と現代の日常生活を融合した作品など。

＊26　サンタナの『アミーゴ』　アメリカのラテン・ロック・バンド、サンタナが一九七六年に発表したアルバム。

頃、僕はちょうど三島由紀夫に傾倒し始めた時期だったんで、「ここに名前の出てくるあの横尾忠則が、このサンタナのアルバムを作った人か」とだんだん自分のなかで結びついていったんですけど、ビートルズとかローリング・ストーンズとか、横尾さんも早い段階からロックを聴いていたんですか？

横尾　六七年にアメリカに行くまで、僕は演歌ばっかり聴いていたんですよ。

平野　そうですか。ではどういった経緯で、ロックミュージシャンのアルバムのジャケットの仕事などされるようになったのですか？

横尾　最初はね、これはサンタナの前なんだけれども、日本でカラージャケットを作ったんです、一柳慧[*27]さんと。そのときに、ビートルズに送ったんですね。そうしたら、ジョン・レノンとリンゴ・スターから手紙が来て、「俺たちも、こういうカラーレコードを作りたい」と。そこで僕は会社に話をしたんだけれども、それをやると何百万という数を作るから、日本に工場を建てないといけない。「それはできない」と言われて、「ああ、そういう美味しい話っていうのは大体実現しないものだな」と思っていた。

それからしばらくして、サンタナの話がきたんですね。サンタナを率いるカルロス・サンタナはインドの宗教に傾倒していて、シュリ・チンモイ[*28]というグル（指導者）に師事していたんです。その頃、僕も精神世界的なものに興味があったから、ソニーの人がサンタナに僕を紹介してくれたんです。そうしたら、彼がすぐに気に入って、「とにかくアルバムのジャケットを作ってくれ」というのでデザインした。最初は『ロータスの伝説』(一九七四年)で、ダブル・ジャケットだったんです。だから四ページですよ。でも気がついたら二十二ページになって、すごく大がかりなものになっちゃってね。

平野 その頃は、もう音楽としてもロックをよく聴くようになっていたんですか?

横尾 そうね。六七年にニューヨーク行って、いきなり聴いたのはクリームです。[*29]「ロンドンから、ビートルズよりすごいグループが来る」と言うんだけど、僕はクリームを知らなかったんです。それで小さいライブハウスでクリームを聴いて、びっくり仰天。「これ、何?」という感じで、ベトナム戦争の戦場に自分がいるような、音響にインボルブされてしまってね。「ロックってすごいな」と。ニューヨークにいる間はフィルモア・イースト[*30]、それからウォーホルが作ったエレクトリック・サーカス[*31]でヴェルヴェット・アンダーグラウンド[*32]らがやっていたのを知って、もう毎週のように行っていた。そこで僕はロック

---

*27 **一柳慧** 一九三三年-。作曲家、ピアニスト。ジョン=ケージに影響を受けて偶然性の音楽を実践。作品に「ピアノ・メディア」、「循環する風景」など。

*28 **シュリ・チンモイ** 一九三一-二〇〇七年。インド出身で、六〇年代よりニューヨークに在住したヨーガ指導者。

*29 **クリーム** 一九六〇年代に活動したイギリスのロックバンド。ジャック・ブルース、エリック・クラプトン、ジンジャー・ベイカーで構成された。

*30 **フィルモア・イースト** ニューヨークのイーストヴィレッジにあったロック系のコンサート会場。

*31 **エレクトリック・サーカス** ニューヨークのイーストヴィレッジにあったディスコ。

漬けになっちゃったんですよね。

思想を持たない思想

平野　六〇年代から七〇年代にかけて、宇宙や神秘体験など、さらにいろいろなものにテーマを広げていかれます。そのなかに一つ、「インド」というテーマがありましたね。それは三島由紀夫に、「インドには行ける者と行けない者がいる」と言われたことがきっかけだったんでしょうか？　そして精神世界へ興味を広げていかれたのは、やはり三島由紀夫の死があったからだったのでしょうか？

横尾　あの（三島の割腹自殺の）日の三日前に電話で話したとき、『薔薇刑』の三島さんを描いた僕の作品を見て、「君もいよいよインドへ行ってもいい時期が来たね」と言ったんですよ。「インドには行ける者と行けない者がいる。でも、君はそろそろ行ってもいいだろう」と。僕はちょっと意味がわからなかった。いまから思うと、カルマの解脱の時期のことを言ったのかなと思うんだけども。

もう一方で、ビートルズが、特にジョージ・ハリスンが他の三人を連れて、インドのマハリシ・マヘーシュ・ヨーギー[*33]に会いに行ったんですね。そのニュースを聞いたときに、「ちょっと待てよ」と。「彼らはたんにロックミュージシャンじゃないんだ。インドへ行って、インド哲学者としてのロックミュージシャンになっていくのかな」と。「これからのロックを学ぶためには、まずインドを学ぶ必要があるな」って僕が勝手に解釈しちゃったんです。それで三島さんのインドとビートルズのインドが、僕のなかで一体化したんです。

ニューヨークに行ったときも、先ほど言ったハレ・クリシュナのテンプルにしょっちゅう通っていました。それで、だんだんインドが僕のなかで形成されていくんですよね。それからニューヨークでは、インテリがみんな禅に興味を持っていて、彼らからすると、日本人なら誰でも禅のことを知っていると思って、禅問答を吹っかけてくるんですよ。僕自身は禅体験がまったくないし、「これはだめだな」と。次にアメリカに来るまでには禅をマスターしなければと思ってね。それで帰って、禅寺へ通ったんですよ。だけど禅寺のお坊さんは、「いっさい本を読むな」と言うわけです。「禅や仏教や宗教の勉強をするな」、「黙って座っていればいい。それ以外はない」と。禅とはそういうものだと言うのです。

そうやって一年間通って、これで禅をやっているアメリカの連中にも会えるかなと思ったけど、そのときにはもうブームは終わっていた。そういう時代ですよ。彼らの一言が僕

---

*32 **ヴェルヴェット・アンダーグラウンド**　一九六四年に結成されたアメリカのロックバンド。ルー・リード、ジョン・ケイルらで構成された。

*33 **マハリシ・マヘーシュ・ヨーギー**　一九一八-二〇〇八年。ヒンドゥー教に由来するトランセンデンタル・メディテーション（超越瞑想）の普及を担う団体の創立者。

を禅寺に行かせた。その成果は、事実を事実として眺めるということをマスターしたように思う。

平野 六〇年代は、日本でもアメリカでも政治的な話題がすごく大きかった時代ですね。ただ、政治思想的には、三島由紀夫とジョン・レノンというと右と左で真反対の立場にいたと思うのですが、横尾さんご自身は彼らと会ったときに政治の話をすることはあったのですか？

横尾 そういう話は全然しないね。僕はもう「思想を持たない思想」だから。生半可な思想を持ってしまうと、その思想と共鳴した人間としか意思の疎通ができない。それならば、思想は要らない。

そもそも絵画に思想なんか必要ないわけですよ。実際にセザンヌみたいに、林檎の絵とビクトワール山の絵ばかり描いて二十世紀の芸術を変えてしまう、そういう革命がすでに起きていたし、絵のなかにすでに変革の要素があるわけだから。画家が思想を持たなくても、絵が勝手に思想を持つ。それに共感した人が、その人なりの思想を持てばいい。そういう発想だから、僕は思想をいっさい持つ気がしなかった。

ピカソから自己の忠実さを学ぶ

平野　六〇年代から七〇年代にかけて、そうした宇宙や精神世界といった、商業的なグラフィックデザイナーとは異なる世界への関心の広がりと深まりがあって、八〇年代にニューヨークでピカソ展を見て、ついに画家宣言をされます。その頃には、やはりグラフィックデザイナーとしての仕事に物足りないというか、自分のなかで不満というか、「何か違うんじゃないか」という感じが高まってきていたんですか？

横尾　そんなことはない。グラフィックは僕の天職だと思っていた。ただ、三島さんが亡くなったことと、万博の仕事[*34]が終わったことが同じ年（一九七〇年）にあって、それから同じ頃に交通事故[*35]に遭って、一年半ぐらい休業宣言的なことをして、とにかく外国をうろうろ旅行して暮らしている時期があったんです。特に南方指向が子どもの頃からあったので、南太平洋を訪ねたり、タヒチとかイースター島とか、同時にアトランティスやレムリア、ムー大陸などの失われた古代文明的なものに興味を持ったりして。

　楽園、桃源郷、そういった千年王国的なユートピア志向に憧れて、地上にないものを探そうという気持ちから、精神世界的なものに傾いていったような気がするんですよ。

　でも、ピカソ展でピカソの絵に出会った瞬間に、そういう興味は一瞬にして消し去って、

＊34　万博の仕事　一九七〇年、大阪万博で「せんい館」（日本繊維館協力会）のパビリオンの建築デザインを担当。
＊35　交通事故　一九七〇年、タクシー乗車中の交通事故で入院生活を送る。

現実的になってしまって、カリフォルニア的なニューエイジ的世界から足を洗ってしまうんですよね。とにかく「絵を描く」と決めた途端に、それまでのものは全部封印してしまった。

平野　そのときの衝撃、そしてその後に絵を描き続けるなかでのピカソのすごさというのは、これは語るのは難しいと思うんですけど、どの辺にあるんでしょうか？

横尾　つまり、ピカソは何でもありだね。というのは、美術家というのは、何でもありの精神を捨ててしまっているんですよ、最初から「こうあるべきだ」とか、「固定した様式や主題を持たねばならない」とかいうことに、がんじがらめに縛られている。それが画家としてのアイデンティティだと思っているわけ。ところが、ピカソはそんなものが最初からないんです。とにかく出会ったものを片端から絵にしている。そういう意味では、テーマがないんですよ。

表現はある、技術もある。でも、それだけで青の時代から桃色の時代になって、キュビズム、新古典主義になって……どんどん変わっていく。けれども、彼の主題は何もないんです。あるとすれば、「女性」ですよね。女性とか恋人とか、そんなものは別に絵の立派な主題でも何でもない。彼の生活のなかの一つのエレメントだと思うんですよ。彼のすごいところはまさにそこで、生活を描いている。とんでもない物語を作ろうとか、神秘的なものを描こうとか、そんな考えは全然ない。ものすごく現実的ですよね。

ピカソを観た途端に、僕は自分の神秘主義的ロマンチシズムについて、「こういうものはだめだな」と思った。僕のロマンチシズムっていうのは、三島由紀夫から来たロマンチシズムもあるかもしれない。でも、「美術と文学は違うんだ」と強烈に思った。ピカソ、そしてマルセル・デュシャン、[*36]キリコ[*37]との作品での交流によって、「だめだ」と徹底的に思うようになった。

それから僕は本を読まないくせに、とても文学青年的なところがあったと思うんですよ。だから物語性のある作品を描いて、「絵で文学をやろう」と思っていたのかもわかんない。でも、文学はあくまでも観念的で論理的であり、言語表現をしなきゃいけない。美術の場合はもっとそれ以前で、肉体的で感覚的なものであり、それを言語にする必要がないから絵にするんであってね。そういうことを強烈に感じて、そこで少しずつ自分の方向が見えてきたかなという気がした。何を描くべきか、如何に描くべきかの主題や様式の追求ではなく、如何に生きるべきか。そのきっかけをピカソが与えてくれた。

平野 今日、最初のほうで仰っていた「いろいろなことができてしまって、それゆえに自

＊36 **マルセル・デュシャン** 一八八七 - 一九六八年。フランス出身のアメリカの画家、彫刻家。「レディ・メイド」と題して、量産品に署名するだけの芸術を発表。なかでも『泉』は有名。

＊37 **キリコ** ジョルジョ・デ・キリコ。一八八八 - 一九七八年。イタリアの画家、彫刻家。形而上絵画の旗手として活躍、シュルレアリスムに大きな影響を与えた。

分自身がなくて不安だった」という話と、いまの話はある意味でつながっている気がします。ピカソは、いろいろなことをしていても本人の不安になってない。むしろ彼自身はいつも自信満々で、たくさんのことができることを肯定的に力としている。ご自身が不安に思ってきたことが、じつはすごく力強い、肯定的な要素になるんだとピカソ体験で感じ取られたんじゃないでしょうか?

横尾　ピカソに到達するまでに、僕は知らず知らず美術の制度の奴隷になっていて、そこから抜け出せなかったんだと思います。禅では、人間はすでに悟った存在であるということに気づかせてくれる。つまり最初から解放されていて自由なのに、そこに分別を持ち込むから、その観念によってがんじがらめになっているんだと。ピカソにはそんな分別臭いものは最初からない。だから、彼の悟性はそのまま遊びだということを知っていたんですよね。

ピカソは「自分の絵は日記だ」と言っているんですよ。あのときのニューヨーク近代美術館で、目の前に展示されていた作品にも日にちが書いてありました。そうすると、仮にドローイングが三点あるとしますよね。まったく異なった絵が三点並んでいるんですよ。でも、日にちを見たら一日違いなんです。

普通は一日違いで、ここまで違う絵を描いていたら評価されないし、相手にされないわけですよ。ところがピカソは、その評価されない、相手にされないことを堂々とやっているんです。これは彼にとっては自分の生理なんだと、非常に自己に忠実に描いたためにこうなっているところと、そこで僕が気づくんですよね。ここには禅的な理念があるんですよね。じゃあ、僕はグラフィックデザイナーとして自己に忠実だったかどうかというと、クライアントに忠実だったけれども、ここまで自己に忠実ではなかった。自己に忠実だったと思っていたけれども、ここまではない。「これはもう絵画を、美術をやるよりほかに道がない」とピカソの忠実さを学んで気づかされたんです。精神世界が美術にメタモルフォーゼしたんです。

出会いがしらの「Y字路」

平野 その後、横尾さんは非常に印象的な「滝」や「Y字路」など、いろいろな主題の作品を描かれています。それらの主題は、どのように選び取られているのですか？

横尾 選ぶというよりね、出会いがしら。「バン」と出会って、「あっ」と思った、それですよ。出会いがしらの恋というのもあるでしょ？　相手の情報はまったくなくて、出会ったときに「あ、この人だ」という。そういうのが、「Y字路」だったんですよ。誰もが知っていて、特別なものではない。けれども見えてない。そういうものを具体化するのが、僕は美術だと思うんですよ。だからY字路なんてどこにでもあります。特に日本は農道が多いから、道がまっすぐ行って二つに分かれているところはいくらでもありますよね。ただ、それを描こうと気づいたのは、その場所へ立ったときではないんです。以前に模型屋があったところに、子どもの頃のノスタルジーで「模型屋さん、あるかな」と見に行ったらなかった。でも「記念写真を撮りましょう」と言うんで一枚撮って、明くる日にそれを現像してみたら「不思議な場所だな」と思ったんですよ。真ん中に家があって、それを挟んで左右に道が走っている。

こんな風景が絵になるかどうかと考えたときに、風景画というのは、ルネサンス絵画でも消失点が一点で描かれるのですが、Y字路の絵には消失点が二点あるわけです。「これは面白い」というので、それをテーマにした。でもその前に、世界で誰かが描いていればやめようと思って、ありとあらゆる風景画を調べた。そうしたら、Y字路をY字路として認識して描いた人は一人もいないということがわかった。ゴッホの絵のなかで教会を描いた作品、あれがY字路になっているんですけど、Y字路を認識して描いてないんですよ。だから誰もやっていないので、Y字路を僕のテーマにして描き始めたんですよね。

平野　画面の中央に何かがあって、みんな「それが主題だ」と認識するのが普通の絵画のはずなのに、そうではなく、奥に続いていく道自体が主題になるという意味でも、非常にラディカルな作品です。しかも、どこかキャッチーというか、みんな不思議な親しみを持つ。横尾さんがそれを探り当てられたことが、ものすごく大きな出来事だったと思います。

前半のほうでは、デザイナーであり続けることに対して否定的な感情を持たれていたというお話をされていましたが、ピカソに出会って画家宣言をされて、いまは自分の仕事に対して肯定的な意味や、積極的な評価をお持ちですか？

横尾 そうですね。僕は画家に転向しようとしたときに、それまでのデザインの経験を全部捨てたつもりだったんですね。まあ、生活があるので絵だけでは食っていけず、デザインをバイト的にはやっていましたけれども、意識としてはデザイナーではなく、画家であるとはっきり持ったわけです。デザインは生活だけれど、画家は人生だという認識に変わったんです。

ところが、過去の経験を自分のなかから捨てると言っても捨て切れないものです。これをある意味で利用するというと変だけれども、絵のなかにその経験を取り込めないかなという気持ちが、ここ数年の間に起こってきたんですよね。それから、絵のなかにデザイン的感覚というものを積極的に取り入れるようになってきた。

そうしたら世界的傾向と言ってもいいんですけれども、最近の新しい人たちには、元はデザイナーをやっていてアーティストとして活動を始めて、最先端をリードしているというのが何人も出てきている。僕がグラフィックを絵のなかに持ち込みたいと思い始めたのとタイミングがシンクロニシティしてきた。そういう不思議な現象をいま感じています。僕の個人的現実と社会的現実がこういう形で共鳴するのは一つ面白いなと、そういう感じですね。

未完成という自由

平野　最近の作品では、「反復」について伺いたいんです。「Y字路」もかなり反復を重ねて、いろいろなスタイルで描かれています。近年は、昔のテーマをあらためて描き直すということに精力的に取り組まれていますが、それはどういったお考えから始められたのでしょうか？

横尾　今日は昨日の反復、明日は今日の反復という連続性のなかで生きている。それを作品にすればいいというだけの簡単なことです。さらに、僕の作品は全部未完で終わっているんですよ。完成へ持っていこうとすると、その次の作品が描けないんじゃないかという恐怖感があるんです。だから、次の作品を描くための出口を作っておかないといけない。その出口が、僕にとっては未完なんです。描き切ってしまわない。そうしたら二作目、また三作目も描けるんです。だから、そういう意味では全部未完です。

完成した作品には、逆に描きすぎたところを白く塗ってしまって、それでキャンバスの目を後から見せちゃうみたいな、それで未完にして終わる。そうすると完成という動かない状態が解けて、そこから僕の自由度が動き始める。まあ、現実というのは、いまは自由でも明日は自由ではいられないかもしれない。でも僕は、明日も明後日も自由になりたいために出口を作っちゃう。その未完の連鎖が反復でもあるんです。

平野 その未完があるがゆえに、また何年か経ったときに、一つの作品を違ったバリエーションで描いてみるということもできるんですね。

横尾 そうですね。だから最初の「Y字路」は人気（ひとけ）の全然ない、しかも夜景だったのが、だんだん後半になると人が入り込んできたり、昼間になったり、とにかく今度は造形的な遊びにつながっていくんですね。

平野 最後に、いま取り組まれている御仕事と、今後の創作について少し伺えたらと思います。

横尾 そんなのないですよ。まして今後といっても、明日は救急車で病院に連れて行かれるかもしれないし、生きているかどうかわからない。そうすると、僕なんかの年齢になるとね、未来を考えるということは、死しかないんですよ。

だから明日も明後日も十年後も、僕にとっては全部死ですね。計画もないです。その日その日をやっていくことの積み重なった時間が、僕の計画ということになっちゃうんですけどね。平野さんなんか若くて、まだそんな実感はないので、こんな質問するんだろうけどね。僕なんか実感があるからさ。「嫌なことを聞くな」と思って（笑）。

平野 もう一つだけ、これもものすごく乱暴な質問ですが、「絵を描く」というのは、結局のところ横尾さんにとってどういうことなのでしょうか？

横尾　それは、すごくプリミティブに言うと「楽しい」。絵を描いているときは楽しくて、何もかも忘れて無心になる。それは一つの快楽でもある。自由にもなれる。だから描くという行為自体が目的で、大義名分があるわけじゃないんですよ。描いている瞬間が目的であって、遊びに近い。結果は考えない。これはものすごく健康的な状態だし、自由な状態だということに、僕は惹かれているのかなと思うんですね。

質疑応答1　豊島横尾館とベックリンの「死の島」

――豊島横尾館を訪ねることがありまして、ベックリンの「死の島」[*38]をモチーフにした作品（「死の島　ベルックリンに基づくII」）を拝見しました。ベックリンの「死の島」を選ばれたのは何か理由があったのでしょうか。

横尾　そうですね。横尾館をオープンするにあたって、オーナーの福武總一郎[*39]さんが、彼の好みで僕の絵を選んだところ、それらのほとんどが「死」に関する作品だったんです。普通、美術館は死について描いたような作品を好まないのですが、福武さんは死の臭いの強い作品ばかり選ばれるんですよ。それで面白いなと。

二人で話しているときも、死についての話題になって、「これは僕のテーマなんですよ」と言ったら、福武さんも「私もそれがテーマです」と言うんです。生と死を分けないで一つのものとして、「よく死ぬことはよく生きることで、よく生きることはよく死ぬことだ」と。そういう考えをお持ちで、ベネッセという会社もその考えをもとにしているという。

＊38　**ベックリンの「死の島」**　スイス出身の画家アルノルト・ベックリン（一八二七 - 一九〇一年）の代表作の絵画。謎めいた主題で繰り返し作品が描かれた。

＊39　**福武總一郎**　一九四五年 - 。ベネッセホールディングス最高顧問。ベネッセコーポレーションによって、瀬戸内海の直島、豊島、犬島における現代美術の活動が展開されている。

それで「できればあの島を自分の葬儀場にしたいので、それを考慮してやってほしい」と言われて。

それをお聞きして、僕は草ぼうぼうだったところを全部引っこ抜いて、あそこを砂漠にしたんです。エジプトの砂漠にあるギザのピラミッド、あれはクフ王の墓ですよね。こちらは福武さんの「福」をとって「フク王」の墓になる（笑）。そこで、「エジプトはクフ王だけども、あなたはフク王じゃないですか」って言ったらずいぶん喜んでいただいて、「福武さんの亡くなったときの斎場にしましょう」ということになった。ついでに「じゃあ、賽の河原も」と言って、それも造りました。僕の絵の一部が本当の川になって流れている。川底には、僕の絵のなかにある模様をタイルで造りました。

そして豊島は島ですから、大陸ではない場所というので、ベックリンの「死の島」をイメージにしたんです。僕はあの絵が大好きなんですよ。だから、すでに僕の作品のなかに「死の島」をアレンジして隠し絵として描き入れています。僕の好きなキリコが、またベックリンを大好きなんです。ベックリンの「死の島」には、糸杉が立っているんですよ。だから何とか豊島にもというので、糸杉を植えたんですね。もうだいぶ成長したんじゃないかな。そういうことで、出来上がったのはフク王の葬儀場。福武さんは本当にあそこでお葬式をする気があるんですよ。

質疑応答2　ポスターの圧倒的なパワー

――数年前に横尾さんのポスター展を拝見して、会場を出た後に体温が上がっているような、すごいエネルギーを感じました。横尾さんのポスターは部屋に一枚貼っているだけで、そこが「横尾部屋」になってしまうような圧倒的なパワーを持っていて、それは広告であるから目立たせることを意識して描かれるからなのか、それとも面白いと思うものを自然に作っていくと、パッと目立つデザインになっていくのか、それはどうなんでしょう。

横尾　いや、それは自然にそうなっていくんですね。「あ、できちゃった」っていう感じで。だから僕はポスターを作っても、クライアントのテーマは利用しますけれども、実際はその反対のことや、クライアントが気に入らなさそうなことをやってみる。それを相手に気づかれないようにやろうと思えばできるんですよ。それは、僕にとってゲームでもあるわけです。ポスターにしても美術にしても、遊ぶ自由、それが楽しめるところで作っています。あるいは、それを持ち込むことで、何だかよくわからないものを作ってしまう。

でも、人間そのものが元々わからない存在なんだから、そんなにわかったような作品があれば、これを作った人は「そこまで自分をわかっているのか」ということです。僕にはそんなにわからない。だから「わからないものでいいじゃないか」と。僕自身がそのままそこに出ていると思ってもらえばいいですね。

質疑応答3　ジョン・レノンとの思い出

――横尾さんが装丁されたジョン・レノンの本（『ジョン・レノン　Ｐｌａｙｂｏｙインタビュー』一九八一年）に出会ってジョン・レノンが好きになって、その後いつもオーディオの横に飾ってきたんですけど、ジョン・レノンに対してのお話をもうちょっと聞けたらなと思います。

横尾　実際のジョン・レノンは、ほんとに子どもみたいな人ですね。アンファンテリズムという域から一歩も出てない。僕が会ったジョン・レノンというのは、そういう感じです。

それから、彼はずいぶん政治的に関わりましたよね。僕が会ったときも、ＦＢＩに追いかけられている最中だったんです。ＦＢＩは筋向かいのアパートから、どんなお客が来るか写真に撮っているんです。それでジョン・レノンのうちへ行くのにも、隠れるようにして行きました。彼は革命をしたかったわけですよ。だけど彼の音楽が政治性を十分持っているし、いい歌を作ること自体がもう革命を起こしているわけだから。わざわざ政治的運動に関わらなければ、彼はもっと長生きできたんじゃないか、惜しいなと思うんですけどね。

ジョン・レノンは天才だと思うんですけれども、彼の右手の親指の頭が、便秘のときに使う浣腸があるでしょ、あのぐらい大きいんですよ。これは、ものすごい努力の結果だなって思います。天才と言われる人は、やっぱりそれだけの努力をしていますよね。しかも、それを人に見せない。僕はジョン・レノンの右手の親指にびっくりしました。
それから足の親指。家のなかでは、破けた靴下を履いているんですよ。向上心が強いのか、足の親指が上向いていているんですよね。そのために靴下が破けている。そこから親指が出てしまっているんです。そういうところにこそ、ものすごく重要なメッセージや思想があると僕は思うんですよね。

僕とオノ・ヨーコさんが話していると、自分もなかに入りたいんです。何て言うのかな、自分はのけ者扱いされていると勘違いしてね。僕とヨーコさんは、日本語で喋っているわけです。そこに邪魔をするんですよ。それが「はっけよい、はっけよい。残った、残った」とか言ってね。相撲の行司のまねをして、僕たちの周囲をぐるぐる回っているんです。そういうことに、ものすごくジョンの本質がある。つまり、構ってもらいたいというマザコン的なものもあるし、つねに自分に注目が向いてほしい、そういう存在でありたいというものもある。カメラが横を向いてしまうと、飛んでいって自分に向けるんじゃないかっていうくらい、世間に対するアピールがすごく強い。ああいうかたちで死ななければならなかったというのも、何かそこにあるんじゃないかな。そういう感じを受けましたね。

――横尾さんは、訃報はどこで聞いたんですか。

横尾　訃報は新聞社からの電話ですね。何て答えたのか、とにかく答えなきゃいけない感じがしたので、あのとき僕は、「夜道を独りで歩いているときの懐中電灯がジョン・レノンだった、その灯が消えた」みたいな言い方をしたように思います。

質疑応答4　江戸川乱歩と南洋一郎

――横尾さんは本もたくさん書かれていますが、ご自身が影響を受けた文章家は誰かいらっしゃいますか。「この人の文章が好きだ」というような人はいますか。

横尾　僕は本当に本を読むようになったのは、四十歳近くなってからです。十代で読んだ本は、江戸川乱歩の『虎の牙』と『妖怪博士』と『青銅の魔人』。その三冊しか読んでない。これも山川惣治[*40]の挿絵に惹かれて読んで、「なかなか面白い小説を書く人じゃない」という感じで。あとは和製ターザンの小説で南洋一郎がいて、その人の挿絵を鈴木御水[*41]が描いていた。これがまた、ものすごく上手いんです。その挿絵に引かれて、南洋一郎を読んだ。

そうすると、偶然読んだ二人というのが、僕のなかですごく重要なポジションを占めている。たとえば、乱歩の怪人二十面相の屋敷が東京の焼け跡のどこかにある。その屋敷の地下に、明智小五郎の助手の小林少年なんかが捕らえられるわけ。それと南洋一郎の密林の洞窟がある。その深い洞窟のなかと、東京の二十面相の屋敷の地下室が、僕のなかでつながるんですね。これは説明できないんだけども、僕にとっては都会的なものと野性的なもの、原始的なものが見事につながっている。生と死ということにもつながってくるんですよ。僕にとってのお守りみたいなものですよね。

質疑応答5　フェデリコ・フェリーニと黒澤明

――物の考え方とか感じ方とか、そういうのがいいなと思うような人は、いま誰か思いつきますか。

横尾　僕はね、フェデリコ・フェリーニ[*42]が好きなんですよ。フェリーニの映画は全部見ています。あの人は五十歳になるまで、本を読んだことなかったんですよ。五十歳になったとき彼は不眠症にかかって、友達から「本を読んだら眠れる」って薦められたというんです。自分の映画の台本も読まない人なんです。にもかかわらず、あれだけのイメージフルな芸術性の高い映画をって、いつも世界中から称賛を浴びている。そうしたフェリーニの全体を引っくるめて、その人からの影響は非常に強いですね。

＊40　**山川惣治**　一九〇八‐九二年。絵物語作家、挿絵画家。絵物語作品に『少年王者』、『少年ケニヤ』など。
＊41　**鈴木御水**　一八九八‐一九八二年。挿絵画家。挿絵に『密林の王者』、『海洋冒険物語』(いずれも南洋一郎の小説)など。
＊42　**フェデリコ・フェリーニ**　一九二〇‐九三年。イタリアの映画監督、脚本家。作品に『道』、『甘い生活』など。

それからもう一人、やはり映画人ですが、うちの近くに黒澤明[*43]さんが住んでいて、ある日、プロデューサーを通して「東宝の撮影所に来ませんか」と言われたんですね。それで行ったら、ちょうど『乱』の映画の舞台を造っていた。バックの絵が黒澤さんの描いたものなんです。「この絵はどうですか」と聞かれて、「すごいですね」と。そこで黒澤さんと立ち話をしている間に、どういうわけか共感して、「今度うちへいらっしゃい」と言われて。家も近いのでしょっちゅうアポなしで会いに行くようになって、その黒澤さんから得た数々の言葉があります。

それは中学生にでもわかるような話し言葉なんです。観念的な言葉などほとんどないんですよ。だけど、そこには黒澤さんの存在を語る、非常に重要な言葉があるんですね。普通に聞いていると、もう聞き逃しそうな話ばかりなんです。でも僕にとっては、それは本当に宝石箱。お宝になっちゃうんですよね。フェリーニと黒澤さん、その二人の映画人の影響は強いですね。三島さんとはまたちょっと違った影響を受けました。

（二〇一六年六月二十日、東京大学本郷キャンパス 総合図書館にて収録）

＊インタヴュー動画は、次のウェブサイトよりご覧いただけます（一部有料）。

［飯田橋文学会サイト］
http://iibungaku.com/news/5_1.php
［noteの飯田橋文学会サイト］
https://note.mu/iibungaku/n/nebebedd33d4a

＊43　**黒澤明**　一九一〇－九八年。映画監督、脚本家。作品に『羅生門』、『七人の侍』など。

関連年譜

一九三六年（〇歳）　六月二七日　兵庫県多可郡西脇町（現在の西脇市）に生まれる。

一九三九年（三歳）　父親の実兄で呉服商を営む横尾家の養子となる。

一九四一年（五歳）　講談社絵本、石井滴水『宮本武蔵』の挿絵をそっくり描き写すなど、模写に才能を発揮し始める。

一九四九年（一三歳）　市立新制西脇中学校に入学。鈴木御水が挿絵を描いた南洋一郎の和製ターザン小説や、山川惣一の挿絵の江戸川乱歩の探偵小説に熱中する。

一九五二年（一六歳）　兵庫県立西脇高等学校に入学。

一九五四年（一八歳）　油彩画やポスター制作を始め、公募展で入賞を重ねる。

一九五五年（一九歳）　武蔵野美術学校油絵学科を受験するため上京するが、受験当日に断念して帰郷。西脇市「織物祭」のポスターが一等入選し、それが縁で加古川市の印刷所に就職。

一九五六年（二〇歳）　神戸新聞のカット入選常連による展覧会がきっかけで、神戸新聞社に入社。

一九五七年（二一歳）　谷泰江と出会って一週間で婚約、ほどなく結婚。

一九五八年（二二歳）　第八回「日本宣伝美術会展」で奨励賞を受賞、会員に推される。

一九五九年（二三歳）　大阪のナショナル宣伝研究所に入社。

一九六〇年（二四歳）　養父、誠起が死去。田中一光の紹介で日本デザインセンターに入社。

一九六一年（二五歳）　長男、英が誕生。

一九六二年（二六歳） 写真家の細江英公、劇作家の寺山修司を知る。

一九六四年（二八歳） 日本デザインセンターを退社。グラフィックデザイナーの宇野亜喜良、原田維夫とスタジオ・イルフィルを結成する（翌年、解散）。長女、美美が誕生。初めての海外旅行でヨーロッパへ。

一九六五年（二九歳） はじめての個展（日本橋 吉田画廊）を開く。三島由紀夫が個展に来訪、横尾が贈った作品が、後に三島の書斎に飾られた。土方巽らのダンス公演のために作品を制作。養母、輝恵が死去。「ペルソナ展」（銀座 松屋）にシルクスクリーンのポスター「TADANORI YOKOO」などを出品。モダニズムデザインに対してのアンチの姿勢を打ち出す。第一一回毎日産業デザイン賞受賞。

一九六六年（三〇歳） 「空間から環境へ展」（銀座 松屋）に参加。唐十郎の劇団状況劇場のポスター「腰巻お仙（劇団状況劇場）」などを出品。

一九六七年（三一歳） ニューヨーク近代美術館に作品がパーマネントコレクションに収められる。寺山修司の演劇実験室「天井棧敷」に参加し、ポスターと舞台美術を担当。ニューヨークでの個展の招待で、初の渡米。三カ月以上の滞在中、A・ウォーホル、J・ジョーンズ、R・ラウシェンバーグの創作の現場に触れる。

一九六八年（三二歳） シンポジウム「なにかいってくれ　いま　さがす」で一柳慧とサイコ・デリシャス・ショーを構成。大島渚監督の映画『新宿泥棒日記』に主役として出演。

一九六九年（三三歳） 第六回パリ青年ビエンナーレ展（パリ）版画部門でグランプリ受賞。

一九七〇年（三四歳） タクシー乗車中に衝突事故に遭って入院。これを機に「休業宣言」。大阪万博で「せんい館」のパビリオンの建築デザインを担当。三島由紀夫が自決。

一九七一年（三五歳）　パリ青年ビエンナーレ展の副賞でパリに招待、二カ月滞在。その後、ロンドン、ニューヨークに廻り、ジャスパー・ジョーンズにジョン・レノン、オノ・ヨーコ夫妻を紹介される。ジョンとヨーコとともに、テレビ「デビッド・フロスト・ショー」に出演。

一九七二年（三六歳）　ニューヨーク近代美術館で個展を開催。第四回ワルシャワ国際ポスター・ビエンナーレ展でユネスコ賞受賞。第五回ブルーノ国際グラフィックデザイン・ビエンナーレ展で特別賞受賞。

一九七三年（三七歳）　現代日本版画展（ロンドンＩＣＡ）で審査委員会賞受賞。東京ＡＤＣ賞最高賞受賞。

一九七四年（三八歳）　篠山紀信とインド旅行。精神世界に興味を深める。サンタナのアルバム『ロータスの伝説』のジャケットをデザイン。第九回東京国際版画ビエンナーレ展で兵庫県立近代美術館賞受賞。第五回ワルシャワ国際ポスター・ビエンナーレ展で金賞受賞。第六回ブルーノ国際グラフィックデザイン・ビエンナーレ展で銀賞受賞。

一九七五年（三九歳）　第二〇回毎日産業デザイン賞受賞。

一九七六年（四〇歳）　スリナガルへ旅行。

一九七七年（四一歳）　『インドへ』（文藝春秋）を刊行。

一九七八年（四二歳）　第七回ワルシャワ国際ポスター・ビエンナーレ展で佳作賞受賞。講談社出版文化賞装丁部門賞受賞。

一九七九年（四三歳）　第三回ラハティ・ポスター・ビエンナーレ展２０００Ｆｍｋ賞受賞。

一九八〇年（四四歳） ニューヨーク近代美術館で開催された「ピカソ展」に強い衝撃を受けて、画家を決意する。ジョン・レノンが自宅アパート前で凶弾に倒れる。

一九八二年（四六歳） 新作ペインティングの個展（南天子画廊）。横尾忠則の「画家宣言」と捉えられた。画家としての活動が活発になっていく。

一九八四年（四八歳） モーリス・ベジャール主宰二〇世紀バレー団「ディオニソス」の舞台美術（スカラ座）制作。

一九八七年（五一歳） 兵庫県文化賞受賞。

一九八九年（五三歳） 第四回バングラデシュ・アジア・アート・ビエンナーレ展名誉賞受賞。

一九九五年（五九歳） 『横尾忠則自伝――「私」という物語 1960～1984』（文藝春秋）を刊行（のち『ぼくなりの遊び方、行き方　横尾忠則自伝』ちくま文庫、二〇一五）。第三六回毎日芸術賞受賞。

一九九七年（六一歳） ニューヨークADC賞金賞受賞。

二〇〇〇年（六四歳） 郷里の西脇市にあった「Y字路」に魅せられ、連作ペインティングを始める。ニューヨークアートディレクターズクラブ Hall of Fame 授与（名誉の殿堂入り）。

二〇〇一年（六五歳） 「Y字路」を主題とした作品展「横尾忠則　暗夜光路」（東京 原美術館）を開催。『コブナ少年――十代の物語』（文藝春秋）を刊行。紫綬褒章受章。

二〇〇二年（六六歳） これまでで最大規模の個展「横尾忠則森羅万象」開催。多摩美術大学大学院教授に就任（〇四年まで）。第二〇回ブルーノ・グラフィックデザイン・ビエンナーレ2002（チェコ共和国）でICOGRADA特別賞受賞。

二〇〇三年（六七歳）　第五回トルナヴァ国際ポスタートリエンナーレ2003（スロヴァキア共和国）でスロヴァキアデザインセンター賞受賞。

二〇〇四年（六八歳）　ニューヨークADC賞銀賞受賞。紺綬褒章受章。第三回ニンボ国際ポスター・ビエンナーレ2004（中国）審査員賞を受賞。

二〇〇五年（六九歳）　第一五回ラハティ・ポスター・ビエンナーレでグランプリ受賞。

二〇〇六年（七〇歳）　日本文化デザイン大賞受賞。

二〇〇八年（七二歳）　初の小説集『ぶるうらんど』で第三六回泉鏡花文学賞受賞。

二〇一一年（七五歳）　旭日小綬章受章。

二〇一二年（七六歳）　二〇一一年度朝日賞受賞。神戸に横尾忠則現代美術館が開館。

二〇一三年（七七歳）　香川県の豊島に豊島横尾美術館が開館。神戸新聞平和賞受賞。西脇市名誉市民。

二〇一四年（七八歳）　山名賞受賞。

二〇一五年（七九歳）　第二七回高松宮殿下記念世界文化賞（絵画部門）受賞。

二〇一六年（八〇歳）　『横尾忠則 千夜一夜日記』（日本経済新聞出版社）を刊行。『言葉を離れる』で第三二回講談社エッセイ賞受賞。

著作目録

作品集

『横尾忠則遺作集』粟津潔編、学芸書林、一九六八年
『現代版画　横尾忠則集』筑摩書房、一九七一年
『横尾忠則全集』講談社、一九七一年
『横尾忠則画帖』美術出版社、一九八一年
『横尾忠則画集』神戸新聞出版センター、一九八三年
『横尾忠則グラフィック大全』講談社、一九八一年
『龍の器』PARCO出版局、一九九〇年
『横尾忠則の版画』講談社、一九九〇年
『画集・絵画の中の映画』ビクター音楽産業、一九九二年
『横尾忠則の全ポスター』至文堂新光社、一九九五年
『横尾忠則全絵画』平凡社、一九九六年
『夢枕』日本放送出版協会、一九九八年
『横尾忠則ポスタア藝術』実業之日本社、二〇〇〇年
『横尾忠則　赤の魔笛』朝日新聞社、二〇〇一年
『TADANORI YOKOO SELECTED POSTERS 116』ams arts press、二〇〇一年

『横尾忠則全ポスター』国書刊行会、二〇一〇年
『横尾忠則コラージュ　1972―2012』国書刊行会、二〇一二年
『横尾忠則　全装幀集』パイインターナショナル、二〇一三年
『日本の作家222　横尾忠則』日本経済新聞出版社、二〇一三年
『横尾忠則　全Y字路』岩波書店、二〇一五年
『横尾忠則全版画　HANGA JUNGLE』国書刊行会、二〇一七年

自伝

『横尾忠則自伝　「私」という物語　1960〜1984』文藝春秋、一九九五年／『波乱へ!!　横尾忠則自伝』文春文庫、一九九八年／『ぼくなりの遊び方、行き方――横尾忠則自伝』ちくま文庫、二〇一五年
『横尾忠則　記憶の遠近術』講談社、一九九二年
『横尾少年　横尾忠則昭和少年時代』角川書店、一九九四年
『コブナ少年――十代の物語』文藝春秋、二〇〇一年／文春文庫

エッセイ

『横尾忠則日記――一米七〇糎のブルース』新書館、一九六九年／角川文庫
『未完への脱走』講談社、一九七〇年／講談社文庫
『PUSH』講談社、一九七二年
『暗中模索中』河出書房新社、一九七三年

横尾忠則

『なぜぼくはここにいるのか』講談社、一九七六年／講談社文庫
『方舟から一羽の鳩が』講談社、一九七七年
『彼岸に往ける者よ』文藝春秋、一九七八年／『地球の果てまでつれてって』文春文庫、一九八六年
『8時起床、晴。今日はいいことがありそうだ』佼成出版社、一九八〇年
『昨日のぼく今日のぼく』講談社、一九八〇年
『芸術は恋愛だ』PHP研究所、一九九二年／『ぼくは閃きを味方に生きてきた』光文社知恵の森文庫、一九九八年
『ARTのパワースポット』筑摩書房、一九九三年／ちくま文庫
『天と地は相似形』日本放送出版協会、一九九四年／『私と直観と宇宙人』文春文庫、一九九七年
『名画感応術　神の贈り物を歓ぶ』光文社知恵の森文庫、一九九七年
『東京見おさめレクイエム』朝日新聞社、一九九七年／光文社知恵の森文庫
『異路倫』作品社、一九九八年
『死の向こうへ』PHP研究所、一九九八年
『夢枕　夢絵日記』日本放送出版協会、一九九八年
『晴のち晴』小学館、二〇〇〇年
『名画　裸婦感応術』光文社知恵の森文庫、二〇〇一年
『横尾流現代美術 私の謎を解き明かす』平凡社新書、二〇〇二年
『悩みも迷いも若者の特技だと思えば気にすることないですよ。皆そうして大人になっていくわけだから。ぼくなんかも悩みと迷いの天才だったですよ。悩みも迷いもないところには進歩も

ないと思って好きな仕事なら何でもいい。見つけてやって下さい。』勉誠出版、二〇〇七年
『人工庭園』文藝春秋、二〇〇八年
『ツイッター、その雑念のゴミばこ』角川書店、二〇一一年
『絵画の向こう側・ぼくの内側――未完への旅』岩波現代全書、二〇一四年
『言葉を離れる』青土社、二〇一五年
『死なないつもり』ポプラ新書、二〇一六年
『本を読むのが苦手な僕はこんなふうに本を読んできた』光文社、二〇一七年

日記

『私の夢日記』角川書店、一九七九年／角川文庫
『横尾忠則の画家の日記 1980〜1987』アートダイジェスト、一九八七年／『いわゆる画家宣言――横尾忠則の画かの日記 '80〜'83』ちくま文庫、一九九二年、『365日の自画像――横尾忠則の画かの日記 '84〜'86』ちくま文庫、一九九二年
『横尾忠則日記人生 1982〜1995』マドラ出版、一九九五年
『大有(ダイアリー)Diary』作品社、一九九八年
『Photo Photo Everybody』筑摩書房、一九九六年
『横尾忠則　千夜一夜日記』日本経済新聞出版社、二〇一六年

旅行記

『インドへ』文藝春秋、一九七七年／文春文庫

『我が坐禅修行記』講談社、一九七八年／『わが坐禅修行記』講談社文庫／『坐禅は心の安楽死——ぼくの坐禅修行記』平凡社ライブラリー

『導かれて、旅』JTB日本交通公社出版事業局、一九九二年／文春文庫

小説

『ぶるうらんど』文藝春秋、二〇〇八年／中公文庫

『ポルト・リガトの館』文藝春秋、二〇一〇年

＊著作は主要と思われるものにとどめた。

＊原則として単独著を示す。編著、共著、対談などは割愛した。図録も含まない。

＊著作は、『書名』出版社、出版年／最新の文庫等を示す。

＊展覧会カタログ『横尾忠則　森羅万象』（東京都現代美術館、広島市現代美術館、美術出版社、二〇〇二年）、『横尾忠則全版画　ＨＡＮＧＡ　ＪＵＮＧＬＥ』（国書刊行会、二〇一七年）などを参考にした。

（作成・編集部）

インタヴューを終えて　美術と文学

原則的には、文学者をゲストに招いてインタヴューを行う本シリーズに於いて、横尾忠則さんにご登場いただいたこの五回目は、些か例外的である。

勿論、横尾さんには、そんじょそこらの作家よりも遥かに多くの著作があり、小説『ぶるうらんど』(二〇〇八年)は泉鏡花文学賞、エッセイ集『言葉を離れる』(二〇一六年)は講談社エッセイ賞を受賞するなど、高い評価を得ている。

また、三島由紀夫を始めとして、瀬戸内寂聴、柴田錬三郎、寺山修司、……といった文学者たちとの交流でも知られ、近年は私もその末席を汚している。グラフィック・デザイナーとして、本の装幀や演劇のポスターに数々の傑作を残していることは周知の通りである。

横尾さんの証言が、文学史的にも大変貴重であることは言うまでもない。しかし、本シリーズの趣旨に拘り、あまりそのことにだけ限定したインタヴューにしても勿体ないので、他の回と同様、その創作活動の全般について話を伺うことにした。第3回目(第1巻)の瀬戸内寂聴さんの時と同様、インタヴュアーは、普段からその謦咳に接している私が務めた。

九十分のインタヴュー時間を、私は便宜的に、美術家になる以前、グラフィック・デザイナー時代、「画家宣言」以降と三つの時期にわけた。とは言え、そんなにスッキリとは切り分けられない話題なので、行きつ戻りつしつつ、という進行となったが。オーディエンスにとっては、一体どういう少年時代を過ごすと、こんな大変な作品を生み出す人間になるのか、というのが、まず最初のふしぎである。お話を伺ってみると、五歳の頃の有名な「武蔵と小次郎」に見られる通り、その天賦の才は幼時より歴然としているが、それが常にマス・プロダクトの模写というスタイルを取っていた点はやはり面白い。また、戦争体験がいかにその死生観に影響を及ぼしているかは、若い人は特に意外にも感じたかもしれない。

グラフィック・デザイナーになってからは、綺羅星の如く、様々な作家やアーティストの名前が登場し、それをフォローする注釈欄も俄かに賑々しくなる。その理由は、一つには、本の装幀やポスターの制作といった仕事が、文学・芸術作品と社会とを仲介する意味を持っていたからである。横尾さんは、大衆消費社会におけるマス・メディアでの振る舞い方について、三島由紀夫に学んだと語っているが、三島の方も、取り分け若い世代との媒介者として、横尾さんの作品に注目していた。

更に一つには、横尾さんの人づきあいのうまさも与っていると思う。横尾さんは、派手な社交家ではないが、会いたいと思っている人とはなぜか会えてしまい、時間の長短を問わず、非常に印象的な交流を持っている。ここでは話に出なかったが、サルヴァドール・ダリに会った話をして、ジャスパー・ジョーンズに「よく会えたねえ？」と驚かれたという逸話を、私は以前、伺ったことがある。

相手が興味を示すのも、横尾さんの才能があればこそであろうが、横尾さんと一緒に過ごす時間は、実際、非常に楽しいものである。何か特別なことをするわけでもなく、ただ雑談をしているだけでも、笑いながら色んなことを感じ、考えさせられる。横尾さんが、相手の何を見ているかというのも独特で、油断のならない鋭さがあり、インタヴュー後の質問時間に語られた、ジョン・レノンの破れた靴下と、そこから突き出した親指の逸話などは、忘れがたいものだろう。

そして、今日の横尾さんを語る上では、やはり、「画家宣言」以降の活動に注目しなければならない。

グラフィック・デザイナーとしては、世界的に既に十分すぎるほどの評価と名声を手に入れたあと、横尾さんは油彩を中心とする制作へと活動の比重を移すことになる。今日、「Y字路」のような、美術ファンだけでなく、その外側にいる人にまでリーチする傑作を知っている私たちは、その転身の成功を当然のことのように考えがちだが、ニューヨークでのピカソ体験を通じてなされた、自身の創作活動への誠実な自問自答の件は、共感と尊敬の念を以て読まれるに違いない。

横尾さんから私が教わった最も重要な教訓は、芸術家は自由でなければならない、ということだった。その「〜なければならない」という当為表現自体が、既に不自由の始まりだというほどに徹底して。——

あまりご本人は強調されないが、横尾さんがいかに勉強家であるかは、その美術史についての独自の非常に深い理解に接する度に感じる。それとて、関心の赴くままに渉猟してきた結果であったろうが、そうして得た知識と創造性の自由との折り合いをいかにつけるか、という点こそが、私の学んだことだった。

美術と文学とは、ある点では似ていて、また、別のある点では全く似ていない。そうした相対化の視点を供してくれる貴重な回となったと思う。

ご協力くださった横尾忠則さんには、改めて感謝の気持ちを伝えたい。ありがとうございました。

平野啓一郎

✷

Hirano Keiichiro

一九七五年、愛知県生まれ。京都大学法学部卒。大学在学中の九九年『日蝕』により芥川賞を受賞。二〇〇九年『決壊』で芸術選奨文部科学大臣新人賞、『ドーン』でBunkamuraドゥマゴ文学賞、一四年フランスの芸術文化勲章シュヴァリエ、一七年『マチネの終わりに』で渡辺淳一文学賞を受賞。小説に『一月物語』『葬送』『高瀬川』『あなたが、いなかった、あなた』『空白を満たしなさい』『透明な迷宮』など、随筆に『文明の憂鬱』『私とは何か――「個人」から「分人」へ』など、訳書にオスカー・ワイルド『サロメ』がある。

誰か聞き取っておかなければ、私が書いてみようと始めた

石牟礼道子

✷

『苦海浄土』
（第一部 1969／第二部 2004／第三部 1974）

『椿の海の記』
（1976）

『あやとりの記』
（1983）

［聞き手］
田口卓臣

石牟礼道子

✷

Ishimure Michiko

一九二七年、熊本県生まれ。詩人、作家。六九年に公刊された『苦海浄土——わが水俣病』は、水俣病事件を描いた作品として注目され、大宅壮一ノンフィクション賞となるが、辞退。七三年マグサイサイ賞、九三年『十六夜橋』で紫式部文学賞、二〇〇一年度朝日賞、〇二年度『はにかみの国——石牟礼道子全詩集』で芸術選奨文部科学大臣賞を受賞。〇二年から新作能「不知火」が東京、熊本、水俣で上演される。著書に『西南役伝説』『あやとりの記』『陽のかなしみ』『食べごしらえ　おままごと』『アニマの鳥』『石牟礼道子全集　不知火』(全一七巻・別巻一)など。石牟礼道子の世界を描いた映像作品に『海霊の宮』『花の億土へ』がある。

人の原型に会う

田口　本日はよろしくお願いします。私がこれからする質問は、おそらくもうすでに何度も受けていらしたと思うのですが、この〈現代作家アーカイヴ〉では、石牟礼さんの文学に関して、若い人たちにも広く伝えたいという思いがありまして、いろいろと質問させていただきます。

石牟礼　よろしくお願いします。

田口　石牟礼さんがこれだけ長きにわたり作家として活動を続けてこられたことに関して、まずはお聞きしていきたいと思います。代表作である『苦海浄土』よりも前の段階でも、石牟礼さんはさまざまな創作活動をしていらっしゃいました。そのときの思い出や、どういうことをされていたのかに関して、お話を伺えるでしょうか。

石牟礼　『苦海浄土』を本にする前には、実際に患者さんたちとお目にかかりに訪ねていきよりましたの。もう五十年も昔からで。胎児性水俣病[*1]だった人たちで、亡くなった人もいるし、生き残っている人もいます。生き残っている人たちは、何かただならぬご縁だと思います。

自分のことを一言も人に語ったことがないという人生を、どういうふうにして語ろうかと思いますね。私が話しかけると、それぞれ反応があるんですけど、どういう気持ちで聞

『苦海浄土』は、「水俣病」患者への聞き書きでも、ルポルタージュでもない。患者とその家族の、そして海と土とともに生きてきた不知火の民衆の、魂の言葉を描ききった文学として、〝近代〟なるものの喉元に突きつけられた言葉の刃である。半世紀の歳月をかけて『全集』発刊時に完結した三部作（苦海浄土／神々の村／天の魚）を全一巻で読み通せる完全版。（『苦海浄土　全三部』本書紹介より）

『苦海浄土　全三部』

（第一部は『苦海浄土　わが水俣病』（講談社、一九六九年）、第三部は『天の魚（苦海浄土・第三部）』（筑摩書房、一九七四年）、第二部は『苦海浄土　第一部・苦海浄土　第二部・神々の村』（『石牟礼道子全集』第二巻、藤原書店、二〇〇四年）／第一部のみは『苦海浄土　わが水俣病』（新装版、講談社文庫、二〇〇四年）など、全三部は『苦海浄土　全三部』（藤原書店、二〇一六年））

いておられるのか、私の言葉がはたして伝わっているのかどうかも分かりません。それが辛いんですね。

もう六十歳を過ぎているんだけど、まだあどけない少年少女のような表情をしていらっしゃって、そして人に悪意を持ったことなどなかろうと思うような人たちです。私から一方的に話すのですが、心から話し合ったことはないですよ。

でも実際には、普通の人と話すより言葉のやり取りは少ないですけれども、その人たちとはしっかり話したような、しっかり人に会ったような気がします。人の原型というものに会ったような気がします。それで、帰って来てから考えることがあまりにもたくさんあるんです。

田口　人の原型、ですか……。

石牟礼　もうちょっと生きて、話して、聞いて、書いて、この世にもこういう人たちがいるということを世間の人たちにも知ってほしい。そういう気持ちになりますね。それで一番に相談したのが、渡辺京二[*2]さんです。

女性解放運動家への関心

石牟礼　私の集めた資料はたくさんあるんですよ。だけど、もう私も八十九歳になりましたから。そして病気になっているもので。それが胎児性水俣病の人たちとそっくりな症状でして、いま身体が右に傾いていますが、左の方の骨を二度ほど折っているんです。そして四、五日前には背骨も打ってしまって。こっちに上がろうとしたら、車椅子から滑り落

＊1　**胎児性水俣病**　胎児のときに母親がメチル水銀に汚染された魚介類を食べ、胎盤を通った水銀で被害を受ける。言語の障害や運動失調などさまざまな症状を抱える。

＊2　**渡辺京二**　一九三〇年-。思想史家、歴史家。著作に『北一輝』、『逝きし世の面影』、『黒船前夜』など。一九六〇年代、編集者（渡辺）と作家（石牟礼）として始まった二人の交流は、本インタヴュー収録の現在も続いている。

ちたんです。
　車椅子も古くなって、三年ばかり前に買ったんですけど。やっぱり物だから壊れるのね。それで、こっちへ滑り落ちるような仕掛けになってきて。
田口　大丈夫ですか。いま、お体のどこか痛みますか。
石牟礼　いま、あばら骨が痛いです。このあばら骨って、体の前についていると思っていたら、背骨につながっているんですね。それが、こういう座った姿勢をしていると、あばら骨の痛いところが当たるんですよ。それで動いても痛い。息をするのも痛い。
　すぐには治らない。それで若い男の人で、介護の勉強をしている方に来てもらって、「ここは痛いですか」とか、「ここはどうですか」とか、たいへん上手に手で触って探してくれて。
田口　なるほど。
石牟礼　水俣病については、渡辺京二さんが私より詳しい。水俣病を「告発する会」[*3]というのを作ってくださったんです。厚生省の一室に座り込みに行って、それで警察が家宅侵入罪として、入った十三人の男たちを逮捕した。まだ青年のようにしておられましたけれども、家宅侵入罪で逮捕されなさった。
　私も逮捕されていいと思って座り込んでいたけど、女は連れていきませんでしたね。何て言ったらいいでしょうね、戦いの一生でしたね。それで、いまだにお付き合いが続いて。
田口　お体が大変なときに本当に申し訳ないですけど、質問を続けますね。石牟礼さんが影響を受けた文学者、あるいは好きな文学作品について、教えていただけますか。

石牟礼　私はあまり本を読まないんですよね。それで、あまり知らないんですよ。だけど高群逸枝[*4]さんという人がいるんですが、その人は熊本県の人です。日本の近代史のなかで、女性解放というのが流行った時期がありましたね。ほかにも平塚らいてう[*5]さんや市川房枝[*6]さん、たくさんおんなさったですよ。

「元始、女性は実に太陽であった」というのは、平塚らいてうさんの言葉ですよね。女性は解放されなければいけないというんで、高群逸枝さんもそのグループだったんですよ。そして『婦人戦線』という雑誌を創刊しました。ところが彼女は母権制について研究したかったので、途中でそのグループを離れて勉強を始められた。そして、女性がいかに解放されていないかということを作品を通して書かれた。

＊3　**水俣病を「告発する会」**　一九七〇年代に水俣市にある熊本県をはじめ、各地に「告発する会」という市民団体ができ、水俣病患者を支援して、チッソや国に賠償と謝罪を迫る運動が展開された。渡辺京二は「熊本　告発する会」の中心メンバーだった。

＊4　**高群逸枝**　一八九四‐一九六四年。女性史研究家、詩人。女性史研究として『母系制の研究』や『招婿婚の研究』など。

＊5　**平塚らいてう**　一八八六年‐一九七一年。評論家、婦人運動家。一九二〇年には、婦人の政治的自由を要求する団体、新婦人協会を市川房枝らと発足させた。

＊6　**市川房枝**　一八九三‐一九八一年。婦人運動家、政治家。日本の婦人参政権運動を主導。

父親、おば、おじの思い出

田口　先ほど、本は読まないと仰いましたけれども、水俣の栄町で過ごされた子ども時代には、地元の民話とかお話をたくさん耳にされていたのではないかと思うんです。たとえばどういったものが印象に残っていらっしゃいますか。

石牟礼　小さいときはあまり本もなかったし、親にもいまの教育ママとか教育パパとかいうような人たちも、あまりいなかったと思うんですよ。そういう町ではなかった。だけど父がちょっと変わった人で。

田口　亀太郎さんですね。

石牟礼　よその父親とは変わっていて。石工だったのね。石工という仕事はいまはなくなりましたけど、石を割って表面を削って、何ていうか、その石で道路を作ったり、川辺の道を作ったりする。石工というのは手仕事ですよね。いまは手仕事がなくなってきたなあと考えていて。小さいとき、私は手仕事をやろうとしたんですよ。そして、いまはそれを書いていますけどね。手仕事がたいへん面白い。

　それで、父のもとで働くお兄ちゃんたちがたくさんいました。お兄ちゃんたちは、学校には行かないんですから。その頃は、学校にはよほど高級な家の子弟しか行かなかったんですよ。谷川雁[*7]という有名な詩人がいらっしゃいます。私も影響を受けましたけど、谷川雁さんのうちは眼のお医者様で、それで学校の校医さんだったんです。そういうおうちの人たちは、当時から東大に行ったんですよ。「東大というところに行くんだそうだ」って評判でしたね。何十年に一度ぐらい、一つの町から一人ぐらいは東大に行く人が出てきたりしていました。

それから、男の子は兵役というのがあって、みなさんのような年頃の人たちは全部、兵隊の経験あってですね。戦争があるときは必ず戦争に行かなきゃならない、そういう教育方針の時代でしたから。

それで女性は専ら家の仕事をする。でも、百姓の石屋の子ですけど勉強をしたい、近代的な教育を体験したいというので、私のおばは女学校というものに行きました。当時の歌で、「あした浜辺を　さまよえば　昔のことぞ　しのばるる」という歌がありましたけど、そういう歌を歌わせてくれる学校へ行ったわけですね。でも途中で辞めて。家が没落しましたから最後まで行けなかったんです。

それで、おばの上の兄、私にはおじにあたる人は頭がたいへんよくて。おじのところに

---

*7　谷川雁　一九二三 - 九五年。詩人、評論家、サークル活動家、教育運動家。熊本県水俣市に生まれる。東京大学文学部卒。五八年、福岡県に移住。上野英信、石牟礼道子らと雑誌『サークル村』を創刊し、炭鉱労働者の間で活動する。詩集に『大地の商人』、評論に『工作者宣言』など。

はたくさん本がありましたよ。そういう一つのことを一生懸命やる人のことを神様といって、おじは「書物神様」と言われていた。

そのおじの持ち物だった本がたくさんありまして、それには『大菩薩峠』[*8]とか、武男と浪子の恋愛小説ですけども『不如帰』[*9]があって、おばはそういう本を読んでいたようですね。父は「おなごは勉強せんでよか」と言いましたけれども。いま、七夕の時期でしょう？七夕様を花で飾って、家中でかかって作るんですよね。七夕紙というものが売り出されますが、あれを父が買って、そして願い事を書いて。それで私も小さいとき七夕紙に願い事を書いてぶら下げましたけれど、それを見た父がびっくり仰天。山中鹿之介[*10]の「吾に七難八苦を与え給え」という言葉を書いたものですから。

父親と教科書を買いに行く

田口　石牟礼さんは、詩も戯曲もたくさん書かれています。つい先日、「しゅうりりえんえん」[*11]が音楽になったものを聴いて、私はたいへん感銘を受けました。さまざまな創作を手がけてこられた石牟礼さんにとって、小説というジャンルはどういうものなのでしょうか。『苦海浄土』や『椿の海の記』や『あやとりの記』はどれも小説の傑作ですけれども、このジャンルをどう捉えていらっしゃいますか。

石牟礼　栄町に住んでいて、小学校に上がったときに字を初めて覚えて、それで一番最初に読んだ小説が『大菩薩峠』。うちには石工のお兄ちゃんたちがたくさん泊まっていて、

＊8　**『大菩薩峠』**　中里介山（一八八五 - 一九四四年）の長編時代小説。一九一三 - 四一年に複数の新聞に連載された未完の一大巨編。

＊9　**『不如帰』**　徳冨蘆花（一八六八 - 一九二七年）の小説。一八九八 - 九九年に国民新聞に掲載され、出版後ベストセラーに。

＊10　**山中鹿之助**　山中幸盛。一五四五 - 七八年。戦国大名・尼子家の家臣。尼子家再興のために「願わくば、吾に七難八苦を与え給え」と三日月に祈った逸話で有名。

＊11　**「しゅうりりえんえん」**　絵本『みなまた　海のこえ』（文・石牟礼道子、絵・丸木俊・丸木位里、小峰書店、一九八二年）を題材にして、作曲家の荻久保和明が合唱組曲「しゅうりりえんえん　みなまた　海のこえ」を制作。

もはや現代の古典といえる『苦海浄土』の著者が自伝的に描いた、たぐいまれな児童文学。幼子のみっちんは、火葬場の隠亡「岩殿」、〝あいさつのよい〟大男の孤児「ヒロム兄やん」、それにいつも懐に犬を入れた女乞食「犬の仔せっちゃん」など、人間の世界のかたすみで生きているような人々にみちびかれ、土地の霊たちと交わってゆく。しいたげられがちな人こそが「よか魂」をもち、魂のよい人間ならば、神さまと話すことができるのだという世の神秘が、あたたかみある熊本方言とともにつづられてゆく。（本書紹介より）

『あやとりの記』
（福音館書店、一九八三年／福音館文庫、二〇〇九年）

昔は雨が降ると仕事が休みの日になるんですよ。お兄ちゃんたちは大威張りで、当時家にあった雑誌の『キング』[*12]とか『譚海』[*13]という雑誌を読んでいました。机なんかたくさんはなくて、一つ二つあったのは親分格のお兄ちゃんたちが占領していて、それで十四、五歳の男の子たちが畳の上に腹這って読んでいました。

田口　それは文学の雑誌ですか。

石牟礼　文学じゃない。何と言えばいいかな。いまで言えば『家の光』[*14]のような娯楽を書いて、それに趣味や、少し都会の香りもつけたような雑誌。それから、『猿飛佐助』、『真田十勇士』、『三好清海入道』、『霧隠才蔵』、あんなのを私も読んでいましたよ。

女の子にわざわざお金を出して、そういう男の子の英雄物語を読ませてもしょうがないと父は思ったんでしょうね、買ってくれませんで。女の子のための雑誌があるのは、父は知らないことはなかったでしょうけど。

それでも学年が変わると、子どもたちはまた本を買ってもらえるものと思い込んでいますから、いそいそとしている。父にもその喜びが伝わって、よそ行きの洋服、チョッキを着て、フェルトの中折れ帽子をかぶって、それから足には足袋、草履を履いて。足の親指は足袋のなかから露出しているんですよ、それでも父にとっては第一装だもので。そして、子どもを連れて教科書を買いに行く。それはハレの日でしたね。父は大威張りで、嬉しかったんでしょうね、新しい教科書を買ってやる、と。それで、その時代のことを書こうと思っていました。

『苦海浄土』――あの人たちが私に書かせる

田口　『苦海浄土』を書かれたときに、「わが水俣病」という副題をつけていらっしゃいます。これはタイトルとしてたいへん特徴的なものです。どのような経緯で「わが水俣病」とつけられたのかを教えていただけないでしょうか。

石牟礼　はい。先ほども申しましたように、一言も自分のことを人様に語ったことのない人々がいるということが、日に日に深まりまして。最初はびっくりして、何しろ誰か聞き取っておかなければと思って、まず私が自分にできる範囲で書いてみようと始めたんですが、書けば書くほど辛くなる。でも、やめることができない。ますます書きたいと思っていた。けれども、それは辛かったです。

＊12　『キング』　一九二四・五七年に大日本雄辯會講談社（現・講談社）が発行した大衆娯楽雑誌。小説、講談、実用知識、説話、笑い話など内容は多岐に渡り、豪華な付録もついた。

＊13　『譚海』　『少年少女　譚海』。一九二〇・四四年に博文館が発行した、少年少女の両方を読者対象とした雑誌。創作読物中心の雑誌作りを特色としていた。

＊14　『家の光』　一九二五年に産業組合中央会によって創刊された月刊誌。現在は、ＪＡ（農協）グループの出版・文化団体である家の光協会から発行。

田口　それでも書かざるをえなかったと。

石牟礼　はい。書かせるんですね、あの人たちが。おじいさんであったり、おばあさんであったり。ハイハイもちゃんとできない若者だったり。それから、家を追い出されて、行くところがないと言うんで自殺しようとしたり、そういう人たちです。

それこそ、彼らは自殺を考えていましたね。だけど自殺するのはたいへん難しい。木に上ってぶら下がりたいけど、上れないでしょう？　毒薬を飲んで死にたいけど、毒薬を手に入れるためのお金を持っていない。手がない、足がない。それで親に「殺してくれ」って言ったりするんです。殺してくれるはずもない。でも、家族同士が憎み合うということはなかったのでね。

『椿の海の記』——哲学的で詩的なおもかさま

田口　『椿の海の記』について伺いたいのですが、この小説は私が最も好きな小説の一つで、日本文学史に残る異形の傑作です。この作品で鮮烈な印象を残すのが、盲の狂女のおもかさま[*15]だと思うんです。おもかさまと、「みっちん」である石牟礼さんのお二人について、あの小説で書いたときにどういうことをお考えだったのでしょうか。いま、おもかさまに関して何か憶えていることがあれば教えていただきたいです。

石牟礼　おもかさまから、いろんなことを学びましたね。とても哲学的で詩的で。だから歌の原型みたいなことまで話していましたからね。だけど、それは狂女という姿で。並ではないので。人がびっくりするようなことが日常でしたね。危なくて、人様に迷惑もかけるし。よその家の前で狂いますから。それで家族は気が抜けないんですよ。

それで、しょっちゅう、「連れに来てくれ」と近所の人が走ってうちに来るんですよ。近所でなくても、水俣市では有名な気違いだったでしょうから。その動静は町の人の目に触れ、耳に触れるんですよね。それで、目立つ家でしたね。

＊15　おもかさま　石牟礼道子の母方の祖母。

はだしで盲目で、心もおかしくなって、さまよってゆくおもかさま。四歳のみっちんは、その手をしっかりと握り、甘やかな記憶の海を漂う。失われてしまったふるさとと水俣の豊饒な風景、「水銀漬」にされて「生き埋め」にされた壮大な魂の世界が、いま甦る。『苦海浄土』の著者の卓越した叙情性、類い希な表現力が溢れる傑作。（本書紹介より）

『椿の海の記』

（朝日新聞社、一九七六年／河出文庫、二〇一三年）

でも、父がおもかさまをとても大切にしていました。ご飯のときは「連れて帰らにゃならん」とまず捜し出す。「おもかさまを連れて帰らないとご飯が始まらない」というんで捜しにいくのが、夕方の子どもたちの仕事だったんですよ。それはちょうどいい、連れて帰る理由になりますよね。

田口　『椿の海の記』を読みますと、町の人々が「神経殿（どん）」というふうに、「殿」という敬称をつけて呼んでいた、と書かれていましたけれども。

石牟礼　はい。敬称でもあり蔑称でもある。「神経」と呼び捨てにするわけにいかない。「神経殿」と「殿」をつけて呼んで。そして、末広の女郎衆が一番親切でしたね。

田口　末広の女郎屋のおなごたちですね。

石牟礼　はい、おなごしたちが一番。神経殿が夕方うろうろしていると、「ばばさま、はよ戻ろうな」って。天草弁のよさが、とても生きてくるんですよね。

田口　天草弁はどのようなところがよいとお考えですか。特徴的だということでしょうか。

石牟礼　天草弁は、水俣弁とも熊本弁とも鹿児島弁とも違う。典雅ですね。もの優しくて、歌のようで。「おもかさまを、はよお連れ申せ」と「申せ」と言うんですよね。それで、みんなで捜しにいくんですよ。そして連れて帰って、手を引っ張ったり腰を押したりして。末広のおなごしたちも、「ばばさま、はよ戻らんば、孫たち腹減りよるばい」と。

それで、「そこは泥たまりでござり申す」と。昔の道路は雨が降ると、引っ込んだところには泥水が溜まって、いつまでも乾きませんから。それで手を引っ張って、「こっちでござり申す」と言って、危なくないところへ連れて、腰を押したりして。みな優しいもので、おもかさまもたいへん素直になって連れられてきよりましたね。

田口　その末広の優しいおなごしたちのなかで、「ぽんた」という女郎さんが、少年に殺されてしまいますね。

石牟礼　はい、はい。

田口　石牟礼さんの小説のなかで最も哀切な場面の一つですけれども、このぽんたに関してお話しいただけますか。

石牟礼　ぽんたが死んだ後で、その弟と一緒のクラスになりました。同じ町内じゃなかったな、隣の町内の古賀というところ。そこはチッソが買い占めて会社運動会というのをや

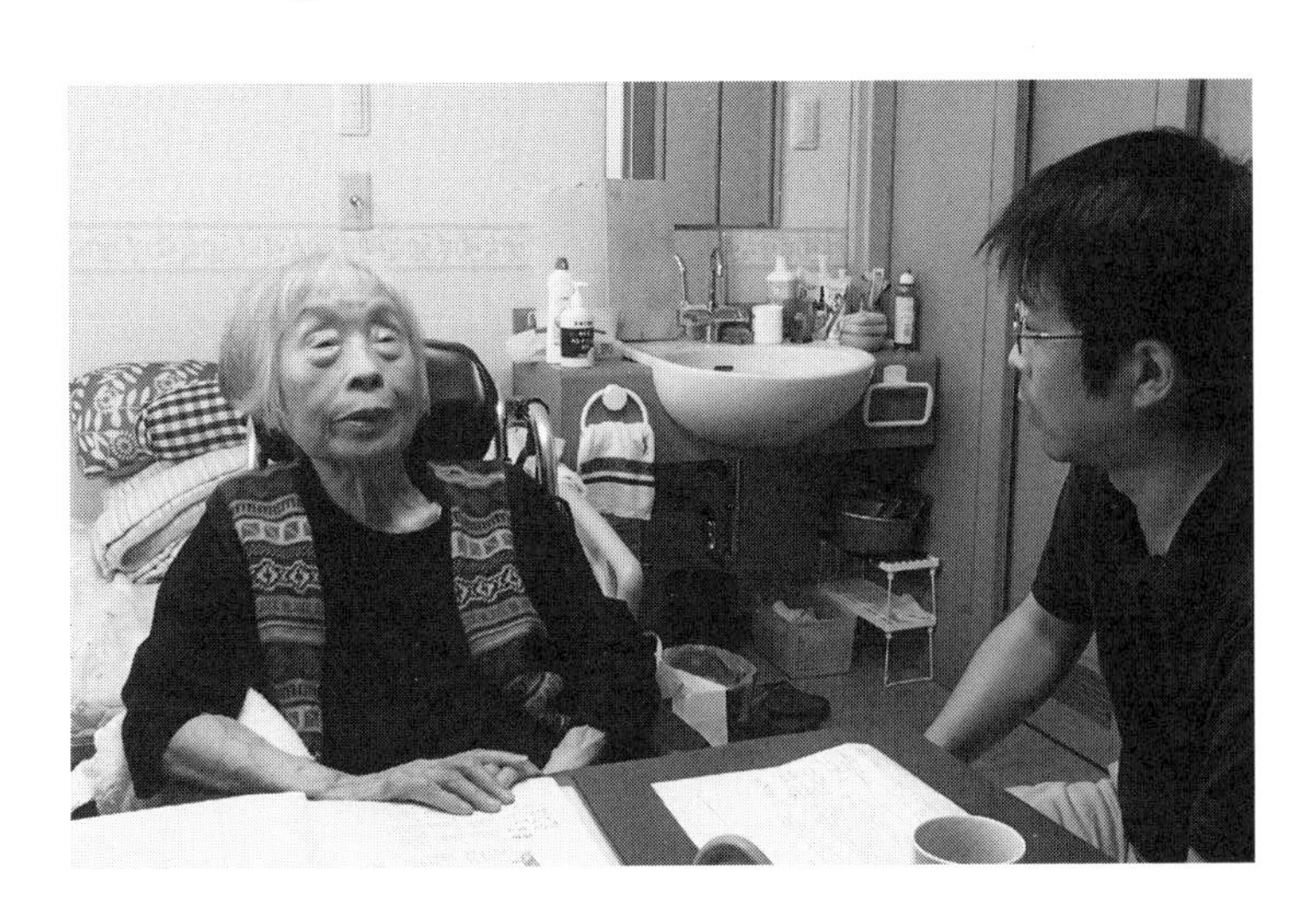

りよりましたがね。それで塩浜グラウンドと普通に言いよりましたけどね。

塩浜という一番海に近い畑地があったんですよ。それで、そこの塩浜グラウンドに行きますと、町中の子どもたちや男たちが遊ぶところだった。走ったり、肋木(ろくぼく)があったり、そして少年野球や大人の野球が行われていました。雨上がりの天気のいい日には、町民たちが楽しむところでしたね。

そこでは、海沿いに唐芋畑があって。水俣は唐芋がよくできるところですよ。唐芋は二つぱっかりに切って、ご飯と一緒に炊けば美味しいです。ときどき食べたくなって、唐芋を買いに行きます。

「食べること」と「作ること」

田口 小説のなかに、唐芋を食べるシーンがとても魅力的に出てきます。読めば読むほど、何かを食べること、飲むことに関して、こちらの目が開かれるような場面がたくさんあります。
たとえば、蜜柑は食べると、「喉がごくごく開く」というふうに書いていらっしゃいます。一般に「喉がごくごく鳴る」とは言いますけれど、「喉が開く」と。この表現にはものすごく驚いたのですが、なるほど、本当においしいものを食べると喉が開くんだと、一瞬にして腑に落ちました。石牟礼さんの作品には、このような驚きに満ちた場面がたくさんあります。石牟礼さんにとって「食べる」とは、どういうことなのでしょう。

石牟礼　「食べる」ということは、先ほど「手仕事」というのを言いましたけど、手また身体を使って食べ物を食べること、そして食べ物を作り出すということ。とても意味が深いと思っています。これまでずっと食べてきた、そして収穫してきた。

私は小さいとき、「花だすき」という、たすきをかけるのに憧れていました。「たすきをかけてくれ」って母や父にせがんで、そして一人でできるようになったときは、とても嬉しくて。花だすきというのは、たすきを背中で花のように結んで。結んだ紐の先が垂れているんで、お祭りが来たように華やぐ。だから、「今日はお祭りのときの花だすきにしよう」と言って、たすきをかける。そうすると、何かしたくなる。

花だすきを背中に結んでもらって、それでキビナゴの刺身を作ったのが、一番最初の何かを作るという経験でした。キビナゴという、イワシの子どもみたいなのがあるんですけど、それの頭を取って、はらわたを取って、骨を取って、お刺身にして醤油をつけて出すんですけれど、手が小さいので思うようにできない。それでも、五、六匹ぐらいは作りました。

田口　単に食べるのでもない、単に作るのでもない。そのような華やぐものを身に着けて、お刺身をこしらえて食べるのですね。

石牟礼　はい。そしてお皿に、お刺身ふうに真似して盛って、「はい、できました。花だすきば結んでもろうたけん、よか刺身ができました」って言うて持っていくんですよ、父のところに。そうすると、まず父は「おもかさまに最初、食べてもらえ」と言って。

おもかさまのところへ持って行くと、おもかさまが「みっちん、ありがとう」と言うんですよ。それでとても嬉しくて。花だすきをよく結んでもらっていました。後には一年生に上がって、一人で結べるようになりました。それで「花だすき」という長編を書こうかと思っています。花だすきが背中でゆらゆら揺れている。花だすきは、色が生地と違うたすきを右と左に着物の端っこにつけて、結んで垂らすんですね。

三千世界は広い

田口　先ほど、おもかさまが、非常に哲学的な人だった、と仰いました。『椿の海の記』や『あやとりの記』には、おもかさまが「みっちん、三千世界じゃ」[*16]とか、「三千世界の雪じゃ」とつぶやく場面があります。あのフレーズを読むたびに鳥肌が立つんですけれども、この「三千世界」というのはどういうことなんでしょうか。
石牟礼　「三千世界」というのは、世界は広いということ。小さい頃、お寺によく連れて行かれよりました。そうすると、お坊様が説教のなかで「三千世界は広い」と。それで、「どのくらいあるかわからん。いまだ数えてしもうたものはおらん。みっちん数えてみろ」と父の亀太郎が言うんですね。
覚えている限り言おうとしますけど、そのうちに飽き飽きしてきて、「もう三千世界はよか」と思っていました。そうすると、祖母もよう覚えていて言っていました。亀太郎の言葉で覚えたのか、自分から言い出したのかわかりませんけれども。ただ、祖母が言った方が、言葉が深くなるんですよ。

田口　なるほど。

石牟礼　だから、ばばさんの真似して言葉を使えばいいなと思っていましたね。

***16**　**三千世界**　仏教用語。須弥山を中心にわれわれの住む小世界は形成されており、この一つの世界を千合わせて小千世界、それを千合わせて中千世界、さらにそれを千合わせて大千世界とする。千が三つ重なるので三千大世界、略して三千世界という。

質疑応答1　言葉は無限に生まれる

平野啓一郎　石牟礼さんは、自ら発することのできない水俣病の患者さんの言葉を、『苦海浄土』を通じて文章にされました。その後、水俣病の患者さんやそのご家族が、裁判などを通じてチッソの人たちと向かい合っているなかで発する言葉も見守ってこられたと思うんですね。

言葉というものについて、いまどのようにお考えになられるのか、言葉は他人に通じるものなのか、なかなか通じないものなのか、信頼できるものなのか。そのようなことを少し伺いたいんですけれども。

石牟礼　それは全部に当てはまると思って。言葉は無限に生まれる。苦悩からも生まれるけど、喜びからも生まれる。苦悩と喜びの両方から生まれると思います。

平野　他人に対しては、それはやはり伝わるものだというふうに思われますか。

石牟礼　思います。いつかは伝わる。

田口　「いつかは伝わる」ということは、いまは、伝わらないかもしれないけど。

石牟礼　はい。

質疑応答2　手でする仕事

武田将明　先ほどの三千世界の話をもう少しお話しいただけますか。

石牟礼　小さいときから、この世の果てというのを、もう数えるのに飽きてきて、「どこまでいけばおしまいになっと？」って言いましたら、「おしまいにはならん」と。この世の果てというのは、「この世の果てまでも、果てまでも行かるっと？」と言いましたら、「どうせ行かれん」と。それで、がっかりしちゃってね。がっかりするやら、何ていうか、道が開けたというか。

武田　そういう世界も、作品を書かれるときの原風景のようなものとしてあるんでしょうか。

石牟礼　はい。それで、この世の果てまで行ける人は、おもかさまのような目の見えない人かもしれないなと思って。

武田　いま取り組んでいる作品というのは、どのようなものがあるのでしょうか。

石牟礼　いま、取り組み始めたばっかりですけど、「手仕事」という手でする仕事。それを人間の感覚のなかで一番鋭敏なものとして描きたい。

（二〇一六年七月十五日、熊本県熊本市にて収録）

＊インタヴュー動画は、次のウェブサイトよりご覧いただけます（一部有料）。

［飯田橋文学会サイト］

http://iibungaku.com/movies/6.php

［noteの飯田橋文学会サイト］

https://note.mu/iibungaku/n/nf879d9a66beb

関連年譜

一九二七年（〇歳） 三月一一日、白石亀太郎と吉田はるのの長女として、熊本県浅草郡宮野河内（現・河浦町）に生まれる。父は水俣町浜で道路港湾建設業を営むはるのの父吉田松太郎の事業を補佐する仕事に従事。

一九三〇年（三歳） 水俣町栄町に転居。

一九三五年（八歳） 祖父松太郎の事業失敗により、栄町の自宅を差し押さえられ、水俣川河口の荒神に移る。

一九三七年（一〇歳） 水俣町猿郷に転居。

一九四〇年（一三歳） 水俣町立第一小学校卒業。水俣町立水俣実務学校（現・県立水俣高校）に入学。歌作を始める。

一九四三年（一六歳） 水俣町立水俣実務学校卒業。葦北群佐敷町の代用教員錬成所に入り、田浦小学校に勤務。

一九四七年（二〇歳） 一九四六年から勤務した水俣市葛渡小学校を退職。石牟礼弘と結婚。

一九四八年（二一歳） 長男道生誕生。

一九五二年（二五歳） 『毎日新聞』熊本歌壇に投稿を始める。十月創刊の歌誌「南風」に入会。

一九五三年（二六歳） この頃より日窒（新日本窒素肥料株式会社）水俣工場の若い組合員たちが出入りし始める。

一九五四年（二七歳） 谷川雁を知る。

一九五六年（二九歳）「短歌研究」新人五十首詠に入選。この年より詩を発表し始める。

一九五七年（三〇歳）谷川雁主宰の「サークル村」結成に参加。弟一（はじめ）鉄道事故で死す。

一九五九年（三二歳）日本共産党に入党、翌年離党。「アカハタ」懸賞小説に「船曳き唄」応募、佳作となる。

一九六一年（三四歳）筑豊へ赴き、大正炭坑行動隊の闘いをみる。

一九六二年（三五歳）谷川雁の指導で結成された熊本の「新文化集団」に参加、また同人誌「詩と真実」に入会。この年、日窒安賃闘争が起こり、市民向けビラを書いて支援。

一九六三年（三六歳）水俣市日当猿郷に転居。雑誌『現代の記録』創刊に携わる。同誌に「西南役伝説」を発表、翌年に筑摩書房刊『日本の百年』第十巻に所収。

一九六五年（三八歳）「海と空のあいだに（一）（二）」（「苦海浄土」初稿）を『熊本風土記』一一月号／一二月号に発表。以後、連載が続く。

一九六八年（四一歳）水俣病対策市民会議を結成。妹妙子が姉の仕事を補佐。

一九六九年（四二歳）一月、『苦海浄土　わが水俣病』（講談社）を刊行。『苦海浄土』で熊日文学賞を与えられたが辞退。四月、父亀太郎死す。六月、水俣病患者、訴訟を提起。以後、患者と行動を共にする。

一九七〇年（四三歳）『苦海浄土』が第一回大宅壮一賞に選ばれるが受賞辞退。「苦海浄土　第二部」を『辺境』に連載開始。五月、厚生省補償処理会場占拠に付添いとして参加。水俣病患者支援運動の全国的高揚により、家族ぐるみで多忙を極める。一一月、「詩篇・苦海浄土」ＲＫＢ毎日より放送。

一九七一年（四四歳） 一二月、川本輝夫を先頭とするチッソ東京本社占拠（自主交渉闘争）に付添いとして参加。

一九七二年（四五歳） 自主交渉闘争のため、東京・水俣間を往復。六月、左眼の白内障手術を受ける。「天の魚」、『展望』に連載開始。

一九七三年（四六歳） 三月、水俣病訴訟判決。患者のチッソ本社交渉に参加。八月、『苦海浄土』でマグサイサイ賞を受賞し、マニラに赴く。「椿の海の記」、『文芸展望』に連載開始。

一九七四年（四七歳） 『天の魚』（筑摩書房）。

一九七六年（四九歳） 色川大吉、鶴見和子などに依頼し、不知火海総合学術調査団発足（一九八三年に報告書『水俣の啓示』刊行）。『椿の海の記』（朝日新聞社）。

一九八〇年（五三歳） 橋本静子氏とともに『高群逸枝雑誌』終刊号を発行。「あやとりの記」、『子どもの館』に連載開始。

一九八三年（五六歳） 『あやとりの記』（福音館書店）。

一九八六年（五九歳） 西日本文化賞を受賞。

一九八八年（六一歳） 母はるの死す。

一九九二年（六五歳） 『十六夜橋』（径書房）。

一九九三年（六六歳） 『週刊金曜日』創刊に参加。『十六夜橋』にて第三回紫式部文学賞を受賞。

一九九四年（六七歳） 『週刊金曜日』編集委員辞退。熊本市湖東へ転居。田神義春らと「本願の会」を結成。

一九九六年（六九歳） 日米環境文学シンポジウム（ハワイ）に出席。

一九九八年（七一歳）「春の城」を『高知新聞』『熊本日日新聞』に連載。

一九九九年（七二歳）『アニマの鳥』（「春の城」改題）を筑摩書房から刊行。

二〇〇二年（七五歳）二〇〇一年度朝日賞を受賞。新作能「不知火」宝生能楽堂と国立能楽堂で上演。

二〇〇三年（七六歳）『はにかみの国　石牟礼道子全詩集』で第五三回芸術選奨文部科学大臣賞を受賞。

二〇〇四年（七七歳）新作能「不知火」熊本県立劇場で上演。

『石牟礼道子全集』全一七巻・別巻一（藤原書店）の刊行開始。第一回配本『苦海浄土　第一部・苦海浄土　第二部・神々の村』（藤原書店）を刊行。新作能「不知火」水俣奉納公演、東京オーチャードホールで上演。熊本県近代文化功労者として表彰。

二〇〇六年（七九歳）熊日賞を受賞。

二〇〇九年（八二歳）左大腿骨骨折、熊本大学附属病院で手術。

二〇一三年（八六歳）「水俣病記念講演会」（水俣フォーラム）で講演。エイボン女性大賞を受賞。

二〇一四年（八七歳）第八回後藤新平賞を受賞。『祖さまの草の邑』で第三二回現代詩花椿賞を受賞。

著作目録

単行本

『苦海浄土　わが水俣病』講談社、一九六九年／講談社文庫／『世界文学全集Ⅲ―四　苦界浄土』河出書房新社、

石牟礼道子

二〇一一年

『天の魚』(続・苦海浄土)筑摩書房、一九七四年/講談社文庫
『潮の日録』葦書房、一九七四年
『椿の海の記』朝日新聞社、一九七六年/河出文庫
『草のことづて』筑摩書房、一九七七年
『石牟礼道子歳時記』日本エディタースクール、一九七八年
『西南役伝説』朝日新聞社、一九八〇年/洋泉社MC新書
『常世の樹』葦書房、一九八二年
『あやとりの記』福音館書店、一九八三年/福音館文庫
『おえん遊行』筑摩書房、一九八四年
『天』(句集)天籟俳句会、一九八六年
『陽のかなしみ』朝日新聞社、一九八六年/朝日文庫
『乳の潮』筑摩書房、一九八八年
『海と空のあいだに』(歌集)葦書房、一九八九年
『不知火ひかり凪』筑摩書房、一九八九年
『花をたてまつる』葦書房、一九九〇年
『十六夜橋』径書房、一九九二年
『葛のしとね』朝日新聞社、一九九四年
『食べごしらえ　おままごと』ドメス出版、一九九四年/中公文庫

『形見の声』筑摩書房、一九九六年
『蝉和郎』葦書房、一九九六年
『天湖』毎日新聞社、一九九七年
『水はみどろの宮』平凡社、一九九七年
『アニマの鳥』筑摩書房、一九九九年
『潮の呼ぶ声』毎日新聞社、二〇〇〇年
『煤の中のマリア——島原・椎葉・不知火紀行』平凡社、二〇〇一年
『不知火』（能台本＆ＤＶＤつき）平凡社、二〇〇三年
『花いちもんめ』弦書房、二〇〇五年
『苦海浄土　第二部・神々の村』藤原書店、二〇〇六年
『最後の人　詩人高群逸枝』藤原書店、二〇一二年
『蘇生した魂をのせて』河出書房新社、二〇一四年
『祖さまの草の邑』（詩画集）思潮社、二〇一四年
『霞の渚　石牟礼道子自伝』藤原書店、二〇一四年
『花の億土へ』藤原書店、二〇一四年
『苦海浄土　全三部』藤原書店、二〇一六年
『無常の使い』藤原書店、二〇一七年
『完本　春の城』藤原書店、二〇一七年
『花びら供養』平凡社、二〇一七年

石牟礼道子

作品集

『はにかみの国　石牟礼道子全詩集』石風社、二〇〇二年
『妣たちの国　石牟礼道子詩歌文集』講談社文芸文庫、二〇〇四年
『石牟礼道子全集　不知火』全一七巻・別巻一、藤原書店、二〇〇四―一四年
『石牟礼道子　詩文コレクション』全七巻、二〇〇九―一〇年
『石牟礼道子全句集　泣きながら原』藤原書店、二〇一五年
『石牟礼道子』日本文学全集24、河出書房新社、二〇一五年

映像作品

『しゅうりりえんえん　石牟礼道子自作品朗読』（DVD）、藤原書店、二〇〇四年
『海霊の宮』（DVD）、藤原書店、二〇〇六年
『石牟礼道子の世界』（DVD）、藤原書店、二〇一一年
『花の億土へ』（映画、出演・石牟礼道子）、藤原書店二〇一三年

＊原則として単独著・訳を示す。編著、共著は割愛した。
＊著作は、『書名』出版社、出版年／最新の文庫を示す。
＊『石牟礼道子全集・不知火』別巻（藤原書店、二〇一四年）などを参考にした。

（作成・編集部）

インタヴューを終えて　全身に宿る苦痛の言葉

終了してしばらくのあいだ、椅子から立ち上がることができませんでした。心も体もへとへとに疲れていて、自分がどれほど静かに激しく緊張していたかということを痛感することになりました。

インタヴューの場には、小説家の平野啓一郎さん、評論家の武田将明さんも同席していましたが、おそらく二人とも私と同じような心持ちだったのではないかと思います。石牟礼さんに挨拶を済ませ、階下のテーブルで休憩を取っているあいだ、私たち三人はほとんど黙りこくっていました。

もちろん、石牟礼さんのご体調が心配だったということもあります。ただでさえご高齢であることに加えて、あばら骨に怪我をされていたからです。文字起こしされた文章では伝わりにくいかもしれませんが、収録中は、体の奥から執拗にこみあげてくる痛みのせいで、背中をまっすぐに伸ばしていることもままならない、といったご様子でした。このため、私たちの会話は何度も中断を余儀なくされました。そのたびに、このままインタヴューを続けてよいのだろうかと気をもんだものでした。

けれども、私が疲労困憊した理由はそれだけではありません。一時間強という短かい収録時間のなかに、石牟礼道子という作家の生き様がこれ以上ないほど濃密な仕方で凝縮されていたからです。

石牟礼さんの小さな体は、しばしば斜め後ろに、大きく弧を描きながら傾いていきました。それが、あばら骨から全身に走る痛みをやり過ごすための、避けがたい姿勢だったのかもしれません。ゆらゆらと狂おしげにのけぞりながら、時おりまどろみから覚醒したように、ふと姿勢が立てなおされます。そして、その状態がしんどくなってくると、体の重みは背中の後ろに開いた虚空へと、再びゆるやかに沈みこんでいきます。このように何度もくり返される上半身の揺らぎの合間から、胎児性水俣病の受難者たちの思い出や、水俣で共に過ごした人々の思い出が、とぎれとぎれに語り落とされてくるのでした。

私はほとんど慄然としていました。『苦海浄土』という傑作の公刊からおよそ五十年の歳月を経た今もなお、この小説家の身体は、水俣病を「わが水俣病」として引き受け、全身全霊でその苦痛をものがたっているのではないか？　そう思わずにはいられなかったのです。石牟礼さんの語りのトーンはそれほどまでに重く、聴き手の最も深いところにしみとおってくるかのようでした。

私はインタヴューにあたって、あらかじめ十数個の質問を用意していました。その候補の一つに次のような質問が含まれていました。「いくつかの評論を読むと、石牟礼さんのことを、一種の「シャーマン」のように捉えようとする解釈が見られます。こうした解釈について、石牟礼さんご本人はどう思われますか？」開始後すぐに、私はこの愚かな質問だけはすまい、と心に決めたものでした。

作家が言葉を語るのではなく、言葉が、作家の体を通して語っている。——絶えず圧倒されながら私が石牟礼さんに感じていたのは、この一点に尽きています。このようなことがものの喩えではなくて、確かに起こるのだということはそれ自体で驚きでしたが、残念ながら文字化されてしまうと、それを追体験することは難しいかもしれません。インタヴューする私たち三人を終始飲みこんでいたその場の空気の一端でも、本書に刻まれていることを切に願っています。

二〇一七年九月一一日、一年ほど前の収録時を思い起こしながら。

田口卓臣 ✷

Taguchi Takumi

一九七三年、神奈川県生まれ。東京大学文学部卒。同大学院人文社会系研究科博士後期課程修了。二〇〇九年宇都宮大学国際学部講師、一一年准教授。専門はフランス哲学。〇九年『ディドロ 限界の思考――小説に関する試論』で渋沢・クローデル賞特別賞受賞。著書に『怪物的思考――近代思想の転覆者ディドロ』など、共著に『脱原発の哲学』『原発避難と創発的支援』など、訳書にビリー・クルーヴァー『ビリーのグッド・アドヴァイス』、ドニ・ディドロ『運命論者ジャックとその主人』(共訳)などがある。

常識とか良識を疑問視する、それが文学の使命じゃないか

筒井康隆

✷

『日本以外全部沈没――パニック短篇集』
（「農協月へ行く」1973など）

『虚人たち』
（1981）

『世界はゴ冗談』
（2015）

［聞き手］
都甲幸治

筒井康隆

✷

Tsutsui Yasutaka

一九三四年、大阪市生まれ。作家。同志社大学卒。六〇年、弟三人とSF同人誌『NULL』を創刊。六五年、処女作品集『東海道戦争』を刊行。八一年『虚人たち』で泉鏡花文学賞、八七年『夢の木坂分岐点』で谷崎潤一郎文学賞、八九年「ヨッパ谷への降下」で川端康成文学賞、九二年『朝のガスパール』で日本SF大賞、九七年フランス芸術文化勲章シュバリエ、パゾリーニ賞、二〇〇〇年『わたしのグランパ』で読売文学賞、〇二年に紫綬褒章、一〇年に菊池寛賞、一七年に毎日芸術賞など受賞・受章。九六年、三年三カ月に及んだ断筆を解除。小説に『時をかける少女』『家族八景』『虚航船団』『文学部唯野教授』『パプリカ』『邪眼鳥』『モナドの領域』など。

『日本以外全部沈没』――庶民のバイタリティ

都甲　日本の文学・芸術の巨匠にインタヴューする〈現代作家アーカイヴ〉に筒井さんをお迎えできることを光栄に思います。いつもご自身の作品から三点を選んでいただいていますが、今回は『日本以外全部沈没――パニック短篇集』、『虚人たち』、『世界はゴ冗談』です。

毎年この季節になると、「今年こそ村上春樹がノーベル文学賞を取るんじゃないか」という声が聞こえてきますが、僕の考えでは筒井さんのお名前こそあがるべきです。なぜかと言いますと、自然主義や私小説が中心だった日本近代文学が一九八〇年代に大きく転換

地球の大変動で日本列島を除くすべての陸地が水没！　日本に殺到した世界の政治家、ハリウッドスターなどが必死で日本語を覚え、日本人に媚びて生き残ろうとするが。痛烈なアイロニーが我々の国家観を吹き飛ばす笑撃の表題作ほか、全十一篇を収録。（本書紹介より）

『日本以外全部沈没――パニック短篇集』
（角川文庫、二〇〇六年、「農協月へ行く」一九七三年などを所収）

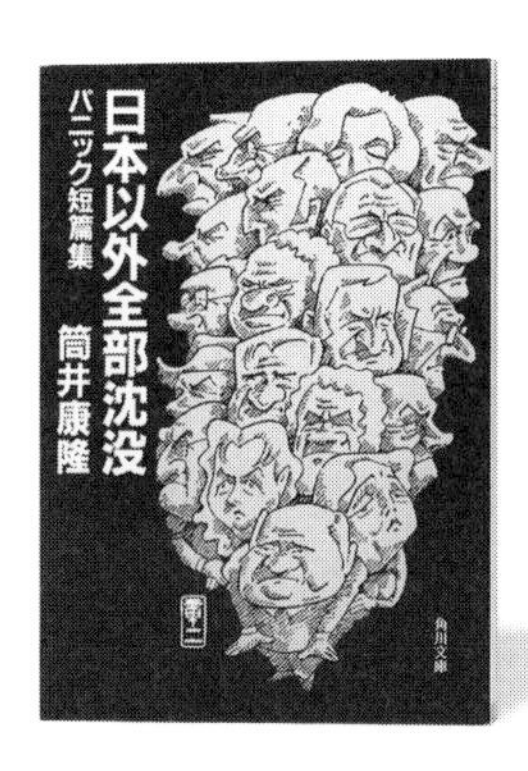

し、虚構性を前面に出した日本現代文学に変わっていった。村上春樹の文学を含んだその変化を先導し、いまなお第一線で書いていらっしゃるのが筒井康隆さんなんですね。

今日は、そのあたりの話について、具体的な作品に即してお聞きしていきたいと思います。最初が『日本以外全部沈没』という短篇集ですが、小松左京の『日本沈没』[*1]のパロディですね。表題作の「日本以外全部沈没」（一九七三年）をはじめ、一九六二年から七六年にかけて書かれた短篇が収められていますが、まったく古びていない。このなかで僕が特に好きなのが、「農協月に行く」（一九七三年）なんです。農協の人たちがかなり下品というか粗野というか、めちゃくちゃなことをするのですが、その人たちが月に行って、異星人とファースト・コンタクトをする。そして人類の危機を招くかもしれないという瀬戸際のところで、彼らなりのノリで異星人と友達になって地球を救うという話です。

筒井さんにお聞きしたいのは、この短篇集では、社会のなかでちょっと見下されているような人たちが、途中から何らかの危機的な状況となることをきっかけに、その人たちの力がどーんと上がって、素晴らしい振る舞いをするという展開になっています。「農協月へ行く」の農家の人たち、「ヒノマル酒場」の大阪の労働者、「日本列島七曲り」の過激派の学生たち、そういう人たちが本当はすごい力を持っているという作品をお書きになる。その背後にあるお考えは何なのでしょうか。

筒井　やっとご挨拶ができます（笑）。今日は、台風の近づくなか、こんなにたくさんの皆さんに来てきただき、本当にありがとうございます。

先ほどノーベル文学賞の話が出ましたけれども、はっきり申し上げて私は取れません。ノーベル文学賞を取る作家は、一作でもエンターテイメントを書いていたらダメなんですよ。私はもともとSF出身だし、文芸誌に書いているものにしても基本的にはエンタメですから、私にノーベル賞が来ることはまずありません。

「農協月へ行く」についてのご質問に答えると、私は大阪出身ですが、大阪の労働者のバイタリティとか、農協や全学連の学生のバイタリティを肯定も否定もしていない。どちらかといえば、面白がっていると言えます。「農協月へ行く」に関しては、あれはやっぱり基本的にはお百姓さんをバカにしているわけですね。最後に宇宙人と仲良くなるというのは、これは落としどころというかどんでん返しというか、最後のギャグとして入れただけであって、農協さんを持ち上げているわけではないんです。ですから、農家の人たちや学生、ここに書いてあるいわゆる庶民に対して共感や信頼感はあまり持っておりません。どちらかといえば、優越感のほうが少し強いかなという程度ですね。だから、インフェリオリティ・コンプレックス（劣等感）じゃなくて、スーペリオリティ・コンプレックス（優越感）ですね。

＊1　『日本沈没』　小松左京（一九三一－二〇一一年）によるSF長編小説（一九七三年）。

ちょっと話がそれていいですか。この頃気になるんですが、テレビなんかで劣等感の意味で「コンプレックス」と言うでしょう。あれ、違うんですよね。コンプレックスには「複合観念」、「複合施設」といった意味があり、劣等感はインフェリオリティ・コンプレックスです。他にもエディプス・コンプレックスとか、エレクトラ・コンプレックス、阿闍世コンプレックス、エホバ・コンプレックスなんてのもあります。それなのに「劣等感」と言えばいいところを、「コンプレックス」と言うでしょう。それがもう癇に障るんだけど、ほぼ定着してしまったから仕方ないかなとも思い始めています。以上、余計なことでした。

あらゆる人たちを面白がる

都甲　どちらかというと優越感を持って見ておられると。しかし同時に、「この人たち、元気だな」と愛情に近いものを持っておられるのではないでしょうか。一方で、東京の人々や威張っているインテリは、面白がるとか共感する対象にはなっていない。偉そうにしている人々、自分だけ得している人々への反発心もあるのではないかと思いました。

筒井　そういう知識階級のいわゆるエリート、たとえばマスコミ、文化人も含めて、農民、労働者、ときにはアフリカ人とかね、あらゆる人たちをすべて面白がるというのが私の姿勢なんですね。

都甲　誰でも面白がることによって、平等に見るということですね。すごく重要なポイントだと思います。

筒井　私はいま、大阪のバラエティ番組、「ビーバップ！　ハイヒール」[*2]という番組に毎週出ていますけれども、そこに出演しているハイヒールやチュートリアルといった関西のお笑いの人たちのバイタリティはもうすごい。彼らには昔ながらの関西人のバイタリティがある。こういった人たちを集団として書くときは、もちろん誇張して書きます。普通に描写するのではなくて、デフォルメしますね。個人として書くときもそう。それによって逆にリアリティを感じてもらえるということがあるんです。それを感じてくれる読者もいるわけですね。もっとも、誇張して書くこと自体を怒る人もいますけれども。

都甲　大阪のお笑い芸人たちのバイタリティという話がありましたけど、最初に愛情をこめてけなして、そしてちょっと面白がりながら、最後は認めるというのは、大阪文化の影響が強いのかと思いました。好きな相手でも、まずけなすことから入る。

筒井　逆に、いったん持ち上げてからけなすというのが、いまのマスコミがやっていることでしょう。

＊2　「ビーバップ！　ハイヒール」　二〇〇五年-。朝日放送。女性漫才コンビのハイヒールの冠番組。漫才コンビのチュートリアルらが出演。

都甲　このインタヴューの前に、学生たちと筒井さんの本を読むワークショップを行いました。筒井さんの作品の世界にスッと入れて面白がる人が多かった一方で、農協の人はこうだ、女性はこうだ、アフリカ人はこうだと最初に下げられた表現で出てくるところでつまずいてしまう人もいました。心理的に抵抗感が出てしまい、なかなか面白さにたどり着けない。そういう読者が若い人にも結構いることに驚いたんです。

筒井「最初は下げられて、最後に持ち上げる」というのは都甲さんの言い方ですが、作者としては要するに、読者の先入観に訴えかけて作品に入りやすいようにしているだけなんです。後で持ち上げるために下げているわけでもない。逆に言えば、後でひっくり返そうが、持ち上げようが自由自在にできるし、読者にそこまでついてこさせる自信もあるわけです。

先ほどの「農協月に行く」についても、農協の人たちを最後は人類の希望として宇宙人とコンタクトさせたということではなくて、いま考えてみたら、落ちの意外性だけで書いたわけです。この作品を除いては、最後に持ち上げるということは確かにしてないはずです。

都甲　なるほど。ということは、筒井さんの小説の入り口で怒ってしまうような読者は、自分でも気づかずにいる先入観を作品という鏡に映しているだけかもしれません。

『虚人たち』——中南米文学から得たもの

都甲　次に、『虚人たち』について伺います。この小説は、中央公論社が出していた『海』という文芸誌に連載されていたものですね。当時、筒井さんが「小説とは何か」、「虚構とは何か」という問いを考えていて、『海』編集長・塙（はなわ）嘉彦[*3]さんに本作の構想を伝えたところ、その大きなサポートによって書けたという話が、その後に刊行された『着想の技術』に書いてあります。塙さんのような編集者との出会いは、この作品を書くうえでどのくらい重

*3　**塙嘉彦**　一九三五 - 八〇年。編集者。『中央公論』や『季刊中央公論・経営問題』でスター編集者として知られるようになる。小林信彦、塩野七生らの担当編集者でもあった。

『虚人たち』

同時に、しかも別々に誘拐された美貌の妻と娘の悲鳴がはるかに聞こえる。自らが小説の登場人物であることを意識しつつ、主人公は必死の捜索に出るが……。小説形式からのその恐ろしいまでの〝自由〟に、現実の制約は蒼ざめ、読者さえも立ちすくむ前人未踏の話題作。泉鏡花賞受賞。（本書紹介より）

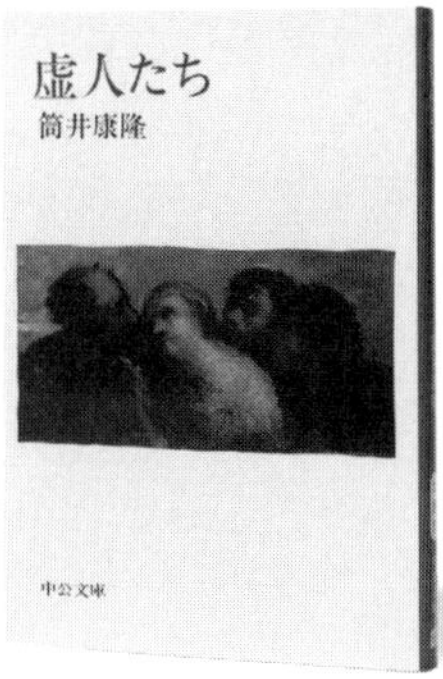

（中央公論社、一九八一年／中公文庫、一九八四年）

要だったのでしょうか。

筒井 いままでいろいろな編集者に出会ってきて、塙嘉彦さんは一番すごい人でした。ただ、塙さんだけではなく、すべての人が私にとっては重要な人だったと考えています。編集者にかぎらず、喧嘩した人だってやはり憶えているし、それもまた面白いわけです。この人が僕の人生にとって重要であったかどうかは、実利的に考えるわけではありません。それはもう二の次なんです。たとえば喧嘩した人だって、後で小説やエッセイにその人のことを面白おかしく書けるから、実利があるといえば言える。

都甲 なるほど。『着想の技術』には、中南米のマジック・リアリズム[*4]と言われるような作家たち、具体的にはフリオ・コルタサル[*5]やアレホ・カルペンティエール[*6]など、筒井さんがそれまであまり読まれてこなかった作家を塙さんから教えられたと書かれています。そして、彼らの小説を読んでいくうちに、自分なりのメタフィクション作品を描いていこうと考え、『虚人たち』の執筆につながったと。中南米の作家の作品を読まれて、どのよう

『着想の技術』
(新潮社、一九八三年/新潮文庫、一九八九年)

な発見をされ、どういう部分に影響を受けたのでしょうか。

筒井　もう好きな中南米の作家はたくさんいるわけです。まずコルタサルは虚構と現実の関係が面白い。虚構と現実、あるいは夢と現実の戦いが作品のなかに必ず出てくるんですね。そして最終的には、いつも虚構のほうが勝つんですよ。その影響が『虚人たち』には生かされているのかなと思います。カルペンティエールには、『時との戦い』という短篇集があります。

それから、ガルシア＝マルケス[*7]も面白いですね。『百年の孤独』もいいけど、僕は『族長の秋』が好きなんですね。これはめちゃくちゃというかシュールというか。それから、マルケスは作家本人がいろんなことを独断するんです。「川端康成という日本の作家は腹を切って死んだ」なんて思い込んでいる。その独断性が小説にも出てきて、何とも言えないおかしみがある。

＊4　マジック・リアリズム　文学や美術で、幻想と現実を融合させる表現技法。

＊5　フリオ・コルタサル　一九一四 - 八四年。アルゼンチンの小説家。小説に『秘密の武器』、『石蹴り遊び』など。

＊6　アレホ・カルペンティエール　一九〇四 - 八〇年。キューバの小説家、ジャーナリスト。小説に『この世の王国』、『失われた足跡』など。

＊7　ガルシア＝マルケス　ガブリエル・ガルシア＝マルケス。一九二八 - 二〇一四年。コロンビアの小説家。八二年にノーベル文学賞を受賞。『百年の孤独』、『族長の秋』のほか、『コレラの時代の愛』、『迷宮の将軍』などを刊行。

彼らにはある種のパターンがあるんですね。若いときに、アメリカから雑誌や漫画の形で入ってきたＳＦを読んでいて、ある程度ＳＦの知識を持っている。その後、留学や仕事でパリやマドリッドに行ったりして、そこでシュールレアリスム[*8]の洗礼を受けるわけですね。そして本国へ帰ってきたら、なんと自分の国がシュールレアリスムそのままの世界ではないか、と。これはやはり書かずにはいられないということで、シュールレアリスムの技法でたくさんの作品を書いていった。その辺が僕が彼らに惹きつけられた理由の一つじゃないかと思います。

最近、僕の『パプリカ』のスペイン語の翻訳が出たんですよ。これで中南米の人たちにも読んでもらえると思うと、何たって嬉しかった。とにかく中南米の作家には特別の思い入れがありますから。

カフカからの影響

筒井　それから、古典的なものではカフカ[*9]ですね。中南米の作家ではないですが、この人にも影響を受けました。高校時代からいままで読み続けています。僕の不条理感覚を育ててくれた人で、『虚人たち』にはカフカからの影響もずいぶんあると思います。

都甲　『虚人たち』を読んでいて、カフカの『審判』に非常に近い手触りを感じました。『虚人たち』では、娘と妻を同時にそれぞれ別の犯人にさらわれた主人公が、彼女たちを助けに行く、シンプルに言えばそういう話です。しかし、主人公は助けに行こうとしていたのに自宅に戻ってしまったり、勤めている会社に立ち寄ったりする。どこに行くのか自分でもコントロールができない。ずっと同じところを回っていて、どれだけ努力してもたどり着けない。そういった夢のなかのような感覚は、カフカからの影響が強いのではないでしょうか。

中南米文学に話を戻すと、ガルシア＝マルケスらにとっては自国の現実がそのままシュールレアリスティックなものであって、自分たちが書いているのは虚構ではなく、リ

＊8　**シュールレアリスム**　超現実主義。文学や美術において、夢、無意識、狂気、偶然などに注目して、人間の精神を解放する方法を模索した運動。

＊9　**カフカ**　フランツ・カフカ。一八八三 - 一九二四年。プラハ生まれのドイツ語作家。小説に『失踪者』、『変身』など。

『パプリカ』
（中央公論社、一九九三年／新潮文庫、二〇〇二年）

アリズムなんだ。そして、それを虚構だと思うのは、ヨーロッパとか北アメリカの視線なんだ、と言えます。ということは、筒井さんが中南米文学としての『虚人たち』を書かれたと仮定すれば、それは虚構ではなく、むしろ実際の日本を描いたという感覚なのでしょうか。

たとえば、本作の主人公が息子に殴られて気絶するといったシーンは、父親の権威が失われているという、いまの日本の現実を描いているのではないかと読めます。

筒井 日本社会における男性の権威のなさを批判するという考え方があったのか、そういう質問ですね。私自身の父親が横暴だったので、それは多くの作品で書いているんですけれども、『虚人たち』では逆の形で作品に書いたのです。しかし、この小説から三十五年が経って、今日の父親というのは息子の反抗を恐れている、情けない男ですよね。息子に殴られたり、妻が浮気をしたり、娘がさらわれて犯されたりしても、それに立ち向かっていくような男はおそらくいないんじゃないだろうか。

都甲 たしかに、主人公の男性は息子に負ける。妻を助けに行っても誘拐した犯人に負ける。娘を助けに行っても誘拐犯の若者四人組に負ける。この負け続ける様子はとても面白いところです。

筒井 だからもう、いまの女性の敵は男性じゃない。女性の敵は女性ですよ（笑）。

フィクションのフィクション性を批判する

都甲　それでも、主人公は妻や娘のところに駆けつける動作を繰り返しますね。それしかできないので、何回も駆けつける。この若者たちに絶対に勝てないとわかっていて、「どうせ負ける」と内心で思いながらも駆け寄る。ここにも男性の弱さが表れていて、大変好きな箇所です。

筒井　これは繰り返しの技法の一つになりますね。何度も同じことをやる。それと同時に、虚構内における時間の扱い方を批判しているんです。『着想の技術』のなかの「虚構と現実」の「時間」の項に書いたのですが、小説のなかでの時間の扱い方は勝手すぎないか、と。虚構のなかでは同じことを何回も繰り返していいわけですよね。実際に、頭のなかでは何回も繰り返していることがあります。小説ではなぜ主人公が家から事件の現場へ駆けつける途中の道程が省略されるのか、という疑問への回答でもあります。

『虚人たち』では途中に白紙のページがありますね。あれは、主人公の意識がなくなっている時間を表しているわけです。小説では改行したり、章立てが変わったりすることで、ストーリーに関係ない時間を省いて飛ばします。この『虚人たち』は、原稿用紙一枚を作品内時間の一分と決めて、省略はできないという前提で書きましたから、真っ白のページがあるのはそこで時間を省略しているのではなくて、主人公が意識を失っているとか寝ているとか、そういうものを表現している。そのことで、フィクションのフィクション性を批判しているわけです。

都甲　たしかに通常の小説では、「それで何年たって」、「さて次の日」と都合よく時間の経過が省略されます。しかし、読者の側は一枚を一分で必ずしも読んでいなくて、好き勝手なペースで、白紙のところは飛ばしたりして、書いている側とは別の時間で読んでいるわけですよね。その辺はもう自由に楽しんでくださいということでしょうか。

筒井　いいえ、自由にということではなくて、こちらは一枚きっちり一分の設定で書いていても、読み手は途中で飯を食ったり便所に行ったりしている。だから、普通の小説とは読者の関係が逆になるわけですね。白紙のページで露わにしようとしたのは、普通の小

説で省略されているのは読み手が読書している時間だということです。

ですから、ノートや看板に書かれた字が滲んで読めない、という描写が何回か出てきます。これもフィクションのフィクション性を批判しているわけです。何が書かれているかわからないというのは、そこに何が書かれていても本筋に関係ないということで、フィクションのいい加減さを表現している。読者がひと休みしてからまた読み始めるのと同じように、フィクションのなかにも割といい加減なところはあるんだと。

演技から小説へ

都甲　お話をお聞きして、『虚人たち』という小説が終始一貫してリアリズム批判として書かれたことがよくわかりました。通常の小説ではストーリーの組み立て上、意味のあるところに読者の注意がフォーカスするように作者がコントロールしているわけですが、『虚人たち』は違います。車道を示すために、ストーリーとは関係ないほかの車が走っているところや通行人が歩いているところが描かれ、まるで映画のセットの裏を見せられているようです。それでストーリーに没頭できない、でも次にどうなるのか気になるから読まずにいられない。落ち着かない気分でずっと読んでいくようになっていますね。
筒井　その落ち着かない気分が、現実に生きているということの不安感でもあると読んでいただければ、こちらとしてはありがたいですね。

都甲　ある種の演劇空間で、舞台裏や楽屋での俳優の側の気持ちを入れながら書いている感じがします。登場人物が自分自身でありながら、同時に自分の役を演じているという感覚もあります。メタフィクションという書き方、あるいはリアリズム批判という書き方をすることによって、そういう感覚がものすごく迫ってくるんですね。読んでいて本当に不安な気持ちになってきます。読者にそういう不安を与えて、『虚人たち』の空間に巻き込もうと考えておられたのでしょうか。

筒井　フィクションで読者に不安感を与えるためには、人物がきちんと書けていなければいけないし、端役もそれぞれきちんと立っていなければいけない。そういうことをやり始めたのは、芝居をやっていたときの演技の経験からです。

　私は喜劇役者になりたくて演技の勉強を最初に続けていたのですが、それができずに結局作家になりました。ならば小説でそのドタバタをやってやろうと思い、サイエンス・フィクションというよいジャンルを見つけて書き始めたのだけれども、文章を書くのに慣れていない時代にはどうも上手くいかない。そういうとき、演技をやっていたのが役に立った。これは一つ自分で登場人物をやってやれ、と。初期の作品では「俺」という主人公を設定して、自分自身にドタバタを演じさせるということをやっていました。

　そのうちにだんだんと力がついてきて、いろいろな人物を造形できるようになり、主人公の「俺」だけでは書けないようなSFも書けるようになった。役者をやっていたんですから、朗読のときに声色を使い分けるように、いろんな人物造形ができるわけです。それと同じように、今度は書く作品のテーマによって文体まで変わってきた。これは自然に変わってきたんです。だから、大江健三郎さんが僕のことを「作品ごとに文体を変えている」なんて言ったけど、これはちょっと褒め過ぎで、そこまでのことはないんですけれども、作品を積み重ねて次第にいろいろな文体で書けるようになってきたわけです。

常識や良識を疑問視・否定する

都甲　事前の打ち合わせで、筒井さんから佐々木敦さんの『あなたはいま、この文章を読んでいる。――パラフィクションの誕生』[*10]を薦めていただきました。『虚人たち』はじめさまざまなメタフィクションを論じた素晴らしい本で、とても勉強になりました。ただ、佐々木さんが論じていることで、僕の考えとは違うなという点があったんです。佐々木さんは、「どこまでいっても読者は、『虚人たち』が筒井康隆によって書かれたことだけは承

---

*10 『あなたは今、この文章を読んでいる。――パラフィクションの誕生』　佐々木敦（一九六四‐）による評論。二〇一四年刊行。

知している」から、「何をどうしようとも「神の視点＝作者の視点」だけは決定的に担保されて」おり、それがメタフィクションの根本的ジレンマだと指摘されている部分です。

僕自身は、『虚人たち』を読むと、作品の内と外がよくわからなくなってきて、現実と非現実、書いている者と読んでいる者の境界がメタフィクションによって揺るがされていると思ったんです。もともと小さい頃から現実に対する非現実感が強くて、たとえば今日も本当に筒井さんにインタヴューしているのか、これはドッキリのような仕掛けになっているんじゃないか、などと考える性質なんです。筒井さんはメタフィクションによって、読者をそのように揺さぶることを目指しているのでしょうか。

筒井　不安感を持たせるというよりは、むしろ常識や良識を批判して、その拠って立つところを揺らがせる意図があります。常識とか良識とかを疑問視し、それを否定する。それが文学の使命じゃないかと思うんですね。それは私だけのことではなくて、文学者の使命である。これはもう間違いのないことだと思います。ですから、その意味で読者が拠って立つところを揺さぶられ、不安感を持つのは当たり前なんです。そして、それがわりと簡単にできるのが文学の長所だと思うんですよね。他のメディアでは、ちょっとそういうことはできないと思う。

たとえば小説の場合、主人公を悪人にしてしまえば、どんな悪いことでもできるわけです。また、その悪人が罰を受けなくてもいいという結末でも構わない。最初に悪人として出てくる主人公に感情移入させてしまえば、あとはもう簡単ですよね。それによって不安感を与えることができる。ただ、なかには悪人を主人公にすること自体を否定する読者もいるわけですが、そういう人は文学の読者ではないので、ほっとけばいい（笑）。
ただ、読者にはやはり安心したいという気持ちもあるんですね。だからこそ、文学作品を道徳的に見てしまう人も出てくるわけです。それは本当に困ったことで、常識や良識の否定という文学の根本的な機能が、ちょっといま危機に瀕していると言えるでしょう。それは結局、小説があまり読まれなくなってしまったからでもある。道徳的に小説を捉えたり、良識的な結論を勝手に出したり、それはマスコミの常套手段なんですが、その影響もあるでしょう。まあ、そのような現状もまた、僕にとっては面白いことの一つなんですけれどね。

都甲　まったくその通りで、道徳的・常識的な読解を破壊し、精神を揺るがし、思考する範囲を広げていくのが、文学の使命だと僕も思います。そうした文学の機能が危機に瀕しているのは、筒井さんが一貫して問題にしているように、マスコミが常識的な読み方を押し付けてくることも確かにあると思います。同時に、読者一人ひとりの心のなかに検閲官が住んでいて、差別とか言われるような特定の表現が出てきたら、「これはまずいんじゃないか」と過敏に反応してしまう社会になってきているからではないでしょうか。そして、そのせいで文学が息をできる範囲がどんどん狭まっている感じがします。

現実をメタフィクションと考える

都甲　J・M・クッツェー[*11]という南アフリカの作家は、白人政権下の厳しい検閲のもとで、そのまま書いたら発禁になってしまうような内容を寓話として書いていました。舞台はどこの国か、登場人物も誰で何をしているかがはっきりわからないような描き方のなかで、でも人を殺すとか、身体に痛みを加えるとかいうことがどれだけ根源的な悪なのかを書いてきた人です。

筒井さんが『虚人たち』を書かれたときにはそういうお考えはなかったかもしれませんが、常識を揺るがすこうした複雑なメタフィクションは、道徳的な検閲のなかで文学を生き延びさせる一つの方法として今日あるのではないでしょうか。

筒井　私という人間がこうして現実に生きている以上、どんな小説を書こうが、当然のごとく現在の現実というものが介入してくる。これを逆にしたのがメタフィクションだと思います。

そして現実をメタフィクションだと考えることによって、笑いが生まれるんですよ。だからよく、「まるで小説みたい」なんて言う人がいますよね。私はそれを何度かギャグにしています。壁一面に大きな風景の写真が貼ってあって、それを見たおバカな女性が「まるで写真みたい」と言って、「当たり前だ。これは写真だ」と返されるとか。それから満天の星空を見て、「まるでプラネタリウムみたい」とかね。

都甲　虚構と現実を逆転することによって、どちらも揺らぐ感じですかね。

筒井　それは社会批判にもつながるわけですね。

都甲　たしかにそうですね。田中さんの小説では、筒井さんが田中小実昌[*12]さんに言及されているのが印象的でした。『着想の技術』で、「こう書いてもどうせ嘘になる」、「こんな書きかたをしても本当じゃない」といった言葉が執拗に出てくる。そうやって本当のことを書こうとすればするほどフィクションになってしまう。一方、筒井さんは、「こう書けばやっと虚構らしくなる」、「こう書けば現実らしさがなくなるだろう」と虚構性を追求していくのですが、「まさにその「虚構性の強調」ゆえに、どうしようもなく現実に舞い戻ってしまう」と書かれていますね。そして、「やがてはひとまわりしてコミさんと同じ到達点に至るのではないかという気がしてならない」と。つまり、筒井さんは田中小実昌さんと同じことを裏側からやっている。これはとても示唆的だなと思いました。

筒井　コミさんと僕とは正反対で、お互いの小説はあまり読んでいないんです。でも彼には、『モナドは窓がない』という変な小説があります。小説のタイトルに「モナド」と付

＊11　J・M・クッツェー　一九四〇年-。南アフリカ出身の小説家。二〇〇三年にノーベル文学賞を受賞。小説に『マイケル・K』、『恥辱』など。

＊12　田中小実昌　一九二五-二〇〇〇年。小説家、翻訳家。小説に『自動巻時計の一日』、『ポロポロ』など。

けたのを探してみたのですが、これと私の『モナドの領域』の二つだけなんですよ。内容はもちろん全然違ったもので、彼の「モナド」は東大哲学科出身であることと関係しているのでしょうし、こちらの「モナド」はアンチ・キリスト教。何か裏返っているんですが、変に近いところはありますね。

都甲　『モナドは窓がない』、『カント節』など、田中小実昌さんの哲学小説シリーズは、引用がずっと続いたかと思うと、ああでもない、こうでもないという述懐があり、小説ともエッセイともつかない、これは一体何だろうと思いながら大学生の頃に読んでいました、あれもまた一種のメタフィクションかもしれませんね。

筒井　私もそういう小説は好きなんですよ。小島信夫[*13]さんの小説なんかも好きです。ただ、好きだけれども、あれを全部読み通すという気にはならないんです（笑）。自分が書くのであれば、実験的でありながら面白い、一般の読者でも読み通せるものにしたい、という気持ちが強いんです。

『モナドの領域』
（新潮社、二〇一五年）

『世界はゴ冗談』——ドタバタは体力あってこそ書ける

都甲　最後にもう一つ、『世界はゴ冗談』についてお聞きします。このなかの「ペニスに命中」を中心に考えてみます。僕が好きなのは、「昼下がりの秋田県という気分でリビングに戻ると」のような、わかるようなわからないような表現を連ねながら、急に老人が暴力を振るっていくところです。老人がものすごく大暴れするというのは、読んでいてとても気持ちがいいですね。ぼったくりバーに行って、拳銃を目茶苦茶に撃ちまくったりする。これ

＊13　小島信夫　一九一五‐二〇〇六年。小説家。小説に『抱擁家族』、『別れる理由』など。

巨匠、八十歳。なおも最前衛に立ち、小説の沃野を拡げ続けた末の、悪夢のように甘美で刺激的な果実——。老人文学の臨界点「ペニスに命中」、SFと震災の感動的な融合「不在」、二千以上の三字熟語が炸裂する「三字熟語の奇」、最新の文学理論の小説化「メタパラの七・五人」など、異常なまでの傑作短篇集。瞠目せよ、刮目せよ！（本書紹介より）

『世界はゴ冗談』
（新潮社、二〇一五年）

は書いていて楽しいだろうなあ、と。ご自身でも楽しんでお書きになったのではないでしょうか。

筒井　先ほどもお話ししたように、私は最初、自分を主人公にしたスラップスティックを書いていたわけですが、その面白さはなかなかわかってもらえなかった。「なんでこんなものを書くんだ」、「この先には何もないじゃないか」と批判する人が非常に多かったんです。それでも自分としてはそれがやっぱり一番面白いし、これしか書くものはないので書き続けたんですよ。そうしたら、「まだ書いてる。こいつは少しトロいんではないか」とバカ扱いされたりしてね。

そのうちに年を取ったこともあって、疲れてきてドタバタが書けなくなった。作家の重大な秘密を皆さんにお教えしますけど、疲れて体力が落ちると本当にドタバタが書けなくなります。あれは三十五年ぐらい前かな、そのときはすでにたくさんの文学賞を取ったりしていた時期でしたが、東大に呼ばれて講演をした。話し終えて質疑応答の時間になると、一人の東大生が立ち上がって、「筒井先生、最近パワーが落ちているんじゃないですか」って聞くんですね。

都甲　そんな失礼なことを聞いたのですか！

筒井　でもその学生さんの言うのはよくわかるんですよ。たしかにパワーが落ちてきて、もうドタバタを書けなくなって、仕方なく実験的な夢の小説とかメタフィクションを書き始めたわけですから。でもその途端に文学賞をたくさんもらうようになったんですよ。そういうときになってから、その東大生だけでなく大勢の人が、「やっぱり昔のドタバタのほうがよかった、パワーがあった」と言い始めた。なんで書いていたときに褒めねぇんだよと（笑）。

そういうわけで長いことドタバタは書いていなかったのですが、私もだいぶ年を取ってきたので、もうこれで死んでもいいやという気持ちで、認知症の傾向がある老人に二百万円と拳銃を持たせて、繁華街をウロウロさせたらどれだけ面白いかということでね、一つの実験でもあったんですけれども書き始めたんです。最初からハイテンションで始めたものだから、最後までテンションを持ちこたえるのが大変で。六十枚なんとか書きましたけど、終わりにはもうヘトヘトでした。

都甲　実際に最後まで勢いがあって大変面白いです。老人が警察署の地下の押収品保管庫に行って、大量の武器や偽ブランド品などのお宝を前にしてウハウハ喜んじゃうとか。

筒井　その場面のときも、老人は笠智衆[*14]の声色を使ったりしてね。そういうことも役者をやっていたからできるわけです。それを書いている自分、そして久しぶりでドタバタをやってすっきりしたけれどヘトヘトになっている自分。それもみな自分なんでね。そういう自

＊14　笠智衆　一九〇四‐九三年。「晩春」、「東京物語」など小津安二郎監督の作品に欠かせない存在として活躍。

分を観察するのも面白い経験でした。

タイトルをどう付けるか

都甲　スラップスティックだけではなく、『虚人たち』のようなメタフィクション的な仕掛けもありますね。主人公は認知症なので時々時間が飛んで記憶を失うとか。スラップスティックとメタフィクションが絶妙なバランスで合わさっている。

筒井　これでもう最後だと思って、ドタバタのギャグをできる限りぶち込んだわけですね。言葉のスラップスティックもありますよ。紛れ込んだ公民館で主人公が源氏物語についてめちゃくちゃな講演をする場面なんかそうですね。

「ペニスに命中」の主人公のモデルにしたのは、マルクス・ブラザーズ[*15]です。面白いことを言うグルーチョ、シュールなことをするハーポ、小狡いチコ。三人の役者を一人の老人のなかにまとめて書いた。

都甲　老人がタクシーのなかから通行人に向かって、「BANG」「BANG」と言いながら拳銃を撃つ真似をするところなど、老人のなかにある幼児性が大変魅力的だと思いました。老人と幼児がつながってバカみたいなんだけれども、実はすごく知恵があって物事が深く見えている。

筒井　本当のことを言いますと、なかなかタイトルを付けられなかったんです。どんなタイトルにしていいかわからなかった。あるとき「ペニスに命中」というタイトルを考えついたんだけれども、そんな場面はないんです（笑）。仕方なく、最後の方で通行人の股間を狙って拳銃を発射する真似をさせました。

都甲　そうだったんですか。

筒井　タイトルに困ったときは、まさか記号にするわけにいかないので、目茶苦茶なタイトルを付けることがあります。スワヴォミル・ムロジェク[*16]というポーランドの劇作家の作品に感動して短篇を一つ書いたことあるんですけど、これもタイトルが浮かばずに困って、仕方なく「ムロジェクに感謝」というタイトルにしたんですね。読者は何が何だかわからないでしょうが、私はそれでいいと思っています。

＊15　**マルクス・ブラザーズ**　アメリカのコメディ俳優。一九二〇年代から四〇年代にかけて主に活躍。チコ、ハーポ、グルーチョ、さらにゼッポの兄弟がマルクス・ブラザーズとして活動した。

＊16　**スワヴォミル・ムロジェク**　一九三〇 - 二〇一三年。ポーランドの小説家、風刺漫画家、劇作家。戯曲に『警察官』、『タンゴ』など。

質疑応答1　好きな作家、嫌いな作家

――現代で一番好きな作家は誰ですか。そして一番嫌いな作家は誰ですか。

筒井　好きな作家は非常に多いので、一人には絞れません。いまの文学状況をご説明しておきますと、私は純文学のほうでは谷崎潤一郎賞、エンターテイメントのほうでは山田風太郎賞、両方の選考委員をしています。つまり、純文学とエンタメの最前線の作品をそこで読めるわけですね。

両方を読み比べてみると、どうも純文学のほうは袋小路に入り込んでいる。実験性にこだわって、行き詰まってしまっている。だから読者がだんだん少なくなってきていると感じます。むしろいまはエンタメのほうがパワーがあって、書き方もいわゆる大衆小説の書き方ではなく、どちらかといえばヨーロッパの古典文学みたいなものに近づいてきている。

読者が純文学から離れていく理由の一つに、ライトノベルの流行が挙げられることがありますが、ライトノベルのなかにも面白いものはあります。「涼宮ハルヒ」シリーズ[*17]とかね。それから冒頭で名前の出た村上春樹、あれは面白いです。彼は純文学のなかにファンタジーを持ち込んだという大きな功績があります。要するに、そうやって純文学のほうでもいろいろ実験的なことをやりながらエンタメとしても面白く読めるものを書く人がいる。一作だけ挙げると、川上弘美さんの『大きな鳥にさらわれないよう』（二〇一六年）、これはも

う最近の傑作だと思います。

嫌いな作家はいないですね。どんな嫌いな作家でも一つぐらいはいい作品を書いていますし、どんなにダメな作品でも、一行か二行は必ずいいところがありますから。

質疑応答2　みんな殺してしまうのは面白いから?

――『七瀬ふたたび』でも『おれの血は他人の血』でも、最後にみんな殺してしまうのは、面白いからですか。

筒井　医学部の学生さんからのご質問ということで、これはおそらく僕に対する批判だと思う。何でもかんでも面白がっていいのか、というね。だけど、私だって悲しいときには

＊17　「涼宮ハルヒ」シリーズ　著者は谷川流、イラストはいとうのいぢ。二〇〇三年から刊行。

『七瀬ふたたび』（新潮社、一九七五年／新潮文庫、一九七八年）

『おれの血は他人の血』（河出書房新社、一九七四年／新潮文庫、一九七九年）

泣きますよ（笑）。たとえばニュースでシリア難民の男の子の遺体が海岸に打ち上げられたのを見たときは、ワーワー泣いてしまいました。そういうときに安心するんですね。「あ、俺にもまだ人間らしい気持ちが残ってるんだ」って（笑）。そう思う自分がまた面白いんです。だから、そのぐらいの二重、三重思考ができなければ作家じゃないですよね、そういうことです。

質疑応答3　笑いにある社会批判の力

――喜劇や笑いについてのお話がありましたが、笑いにある種の社会批判の力があるとお考えでしょうか。

筒井　人が二、三人集まってワッと笑っているだけで、自分が笑われているんじゃないかと考えて怒る人がいますね。それで為政者というのは、まともに批判されるよりも、笑われるほうが怒るものなんです。笑い自体に風刺の力がある。

昔、タモリと笑いについて[*18]『中央公論』で論じ合ったことがあります。アンリ・ベルクソン[*19]の『笑い』という本があって、哲学的な本ですけれどもね、それについても論じました。バナナの皮で滑って転んだ人を見て笑うという、「バナナの皮理論」というものが出てくるんですが、タモリはもちろんそれに否定的でした。いまはそういう素朴なことでは人は笑わなくなっています。

皆さんが小説を読んでいて、そのなかで笑うところがあれば、それにはどんな意味があるのか、ちょっと考えてみるといいと思います。小説の笑いは、テレビで見るお笑い芸人の芸とは違います。小説のなかで笑いを及ぼす箇所があったら、「なぜいま笑ったんだろう」、「笑いの前後の文章にどんな意味があるんだろう」と、じっくり考えられることをお薦めします。そういう笑いを触発する力について考えることが、社会批判につながるのだと思います。

都甲　今日は駆け足ではありましたが、筒井さんの偉大なキャリアを振り返りながら、創作の秘密についても伺うことができました。どうもありがとうございました。

筒井　こちらこそ、どうもありがとうございました。

（二〇一六年十月四日、東京大学本郷キャンパス 情報学環福武ホールにて収録）

＊18　**タモリと笑いについて**　筒井康隆・タモリ対談「笑いは笑いの法則を破壊する」(『中央公論』一九八二年六月号)。『筒井康隆スピーキング――対談・インタヴュー集成』(一九九六年)に所収。

＊19　**アンリ・ベルクソン**　一八五九 - 一九四一年。フランスの哲学者。著作に『物質と記憶』、『創造的進化』など。

＊インタヴュー動画は、次のウェブサイトよりご覧いただけます（一部有料）。

［飯田橋文学会サイト］

http://iibungaku.com/news/7_1.php

［noteの飯田橋文学会サイト］

https://note.mu/iibungaku/n/nbe3b19f06237

関連年譜

一九三四年（〇歳）　九月二四日、大阪市住吉区に生まれる。

一九四四年（一〇歳）　戦局悪化に伴い吹田市千里山に縁故疎開。

一九四七年（一三歳）　大阪市立東中学校に入学。

一九五〇年（一六歳）　大阪市立春日丘高等学校に入学。

一九五三年（一九歳）　同志社大学文学部に入学し、美学・芸術学を専攻する。関西芸術アカデミー本科（演劇科）に進む。

一九五四年（二〇歳）　関西芸術アカデミーを卒業。

一九五七年（二三歳）　同人雑誌「シナリオ新人」に戯曲「会長夫人萬歳」を掲載。卒論として「シュール・リアリズム芸術の創作心理学的立場よりの判断」を提出して、同志社大学を卒業。展示装飾の乃村工芸社に入社。

一九六〇年（二六歳）　弟三人とともにＳＦ同人誌『ＮＵＬＬ』を創刊（—六四年）。この雑誌が江戸川乱歩に認められ、「お助け」が『宝石』に転載されデビュー作となる。

一九六一年（二七歳）　乃村工芸社を退社し、デザイン工房「株式会社ＮＵＬＬ　ＳＴＵＤＩＯ」を開設。

一九六二年（二八歳）　『ＳＦマガジン』の第二回ハヤカワＳＦコンテストで「無機世界へ」が選外佳作となる。

一九六四年（三〇歳）　「お紺昇天」で『ＳＦマガジン』に登場。日本ＳＦ作家クラブに入会。

一九六五年（三一歳）　光子夫人と結婚。処女作品集『東海道戦争』（早川書房）を刊行。

一九六八年（三四歳）　息子、伸輔誕生。『ベトナム観光公社』（早川書房）が第五八回直木賞候補となる。

一九七〇年（三六歳）　第一回星雲賞の日本長篇部門で『霊長類　南へ』（講談社）、日本短篇部門で「フル・ネルソン」が二部門受賞する。

一九七一年（三七歳）　「ビタミン」で第二回星雲賞（日本短編部門）受賞。

一九七三年（三九歳）　「農協月へ行く」発表。

一九七四年（四〇歳）　SF界若手育成のために「NULL」を復刊し、会名を「ネオ・ヌル」とする。

一九七五年（四一歳）　「日本以外全部沈没」で第五回星雲賞（日本短編部門）受賞。

一九七六年（四二歳）　『おれの血は他人の血』（河出書房新社）で第六回星雲賞（日本長編部門）受賞。

一九七七年（四三歳）　『七瀬ふたたび』（新潮社）で第七回星雲賞（日本長編部門）、『スタア』（新潮社）で同賞（映画演劇部門）受賞。

一九七八年（四四歳）　この頃より言語実験的作品を多く書き始める。「メタモルフォセス群島」で第八回星雲賞（日本短編部門）受賞。

一九八一年（四七歳）　この頃より『海』編集長の塙嘉彦より文学上の示唆を受け、「虚構性の強調」へと関心が向かい始める。

一九八三年（四九歳）　『虚人たち』（文藝春秋）で第九回泉鏡花賞を受賞。

一九八四年（五〇歳）　新潮社から『筒井康隆全集』（第一期全二四巻）の刊行開始。『着想の技術』（新潮社）。原田知世主演の映画『時をかける少女』が公開される。日本SF作家クラブ会長に就任（―八五年）。

一九八五年（五一歳） この年より、純文学誌にも作品を多く発表し始める。

一九八六年（五二歳） 自ら制作・原作・脚本・音楽・出演の映画『スタア』（監督・内藤誠）が公開。

一九八七年（五三歳） 『夢の木坂分岐点』（新潮社）で第二三回谷崎潤一郎賞を受賞。

一九八九年（五五歳） 「ヨッパ谷への降下」で第一六回川端康成文学賞を受賞。

一九九〇年（五六歳） 『文学部唯野教授』（岩波書店）を刊行、この年の日本文学のベストセラー第一位となる。

一九九一年（五七歳） 「朝のガスパール」の連載開始。それに伴い、ASAHIパソコンネット「電脳筒井線」を開設し、「読者からの反響」を募集する。

一九九二年（五八歳） 「朝のガスパール」で第一三回日本SF大賞を受賞。

一九九三年（五九歳） 『パプリカ』（中央公論社）。「差別用語」をめぐるマスコミの脆弱性に抗議しての「断筆宣言」が新聞各紙で報道される。

一九九七年（六三歳） 断筆解除して、各出版社と覚書を交わしたうえで文芸誌に作品を発表。フランス芸術文化勲章シュバリエ章を受章。フランス・パゾリーニ賞を受賞。

二〇〇〇年（六六歳） 『わたしのグランパ』（文藝春秋）で第五一回読売文学賞小説賞を受賞。

二〇〇二年（六八歳） 紫綬褒章を受章。

二〇一〇年（七六歳） 菊池寛賞を受賞。

二〇一五年（八一歳） 『モナドの領域』（新潮社）、『世界はゴ冗談』（新潮社）。

二〇一七年（八三歳） 毎日芸術賞を受賞。

著作目録

小説（中長編）

『48億の妄想』早川書房、一九六五年／文春文庫
『馬の首風雲録』早川書房、一九六七年／角川文庫
『筒井順慶』講談社、一九六九年／角川文庫
『霊長類　南へ』講談社、一九六九年／講談社文庫
『緑魔の町』毎日新聞社、一九七〇年／角川文庫
『脱走と追跡のサンバ』早川書房、一九七一年／角川文庫
『家族八景』新潮社、一九七二年／新潮文庫
『俗物図鑑』新潮社、一九七二年／新潮文庫
『おれの血は他人の血』河出書房新社、一九七四年／新潮文庫
『七瀬ふたたび』新潮社、一九七五年／新潮文庫
『エディプスの恋人』新潮社、一九七七年／新潮文庫
『大いなる助走』文藝春秋、一九七九年／文春文庫
『美藝公』文藝春秋、一九八一年／文春文庫
『虚人たち』中央公論社、一九八一年／中公文庫
『虚航船団』新潮社、一九八四年／新潮文庫
『イリヤ・ムウロメツ』講談社、一九八五年／講談社文庫

筒井康隆

『旅のラゴス』徳間書店、一九八六年／新潮文庫
『夢の木坂分岐点』新潮社、一九八七年／新潮文庫
『歌と饒舌の戦記』新潮社、一九八七年／新潮文庫
『驚愕の曠野』河出書房新社、一九八八年／河出文庫
『新日本探偵社報告書控』集英社、一九八八年／集英社文庫
『残像に口紅を』中央公論社、一九八九年／中公文庫
『フェミニズム殺人事件』集英社、一九八九年／集英社文庫
『文学部唯野教授』岩波書店、一九九〇年／岩波現代文庫
『ロートレック荘事件』新潮社、一九九〇年／新潮文庫
『朝のガスパール』朝日新聞社、一九九二年／新潮文庫
『パプリカ』中央公論社、一九九三年／新潮文庫
『敵』新潮社、一九九八年／新潮文庫
『わたしのグランパ』文藝春秋、一九九九年／文春文庫
『恐怖』文藝春秋、二〇〇一年／文春文庫
『愛のひだりがわ』岩波書店、二〇〇二年／新潮文庫
『ヘル』文藝春秋、二〇〇三年／文春文庫
『銀齢の果て』新潮社、二〇〇六年／新潮文庫
『巨船ベラス・レトラス』文藝春秋、二〇〇七年／文春文庫
『ダンシング・ヴァニティ』新潮社、二〇〇八年／新潮文庫

『ビアンカ・オーバースタディ』星海社、二〇一二年／角川文庫
『聖痕』新潮社、二〇一三年
『モナドの領域』新潮社、二〇一五年

小説（短編集）

『東海道戦争』早川書房、一九六五年／中公文庫
『時をかける少女』盛光社、一九六七年／角川文庫
『ベトナム観光公社』早川書房、一九六七年／中公文庫
『アフリカの爆弾』文藝春秋、一九六八年／角川文庫
『アルファルファ作戦』早川書房、一九六八年／中公文庫
『にぎやかな未来』三一書房、一九六八年／角川文庫
『幻想の未来・アフリカの血』南北社、一九六八年／
『幻想の未来』角川文庫
『ホンキイ・トンク』講談社、一九六九年／角川文庫
『わが良き狼(ウルフ)』三一書房、一九六九年／角川文庫
『心狸学・社怪学』講談社、一九六九年／角川文庫
『欠陥大百科』河出書房、一九七〇年
『母子像』講談社、一九七〇年／
『革命のふたつの夜』角川文庫

『馬は土曜に蒼ざめる』早川書房、一九七〇年／『馬は土曜に蒼ざめる』『国境線は遠かった』に分冊、集英社文庫
『発作的作品群』徳間書店、一九七一年
『日本列島七曲り』徳間書店、一九七一年／角川文庫
『将軍が目醒めた時』河出書房新社、一九七二年／新潮文庫
『農協月へ行く』角川書店、一九七三年／角川文庫
『暗黒世界のオデッセイ　筒井康隆一人十人集』晶文社、一九七四年／新潮文庫
『おれに関する噂』新潮社、一九七四年／新潮文庫
『男たちのかいた絵』徳間書店、一九七四年／新潮文庫
『ウィークエンド・シャッフル』講談社、一九七四年／角川文庫
『ミラーマンの時間』いんなあとりっぷ社、一九七五年／角川文庫
『メタモルフォセス群島』新潮社、一九七六年／新潮文庫
『あるいは酒でいっぱいの海』集英社、一九七七年／集英社文庫
『バブリング創世記』徳間書店、一九七八年／徳間文庫
『富豪刑事』新潮社、一九七八年／新潮文庫
『宇宙衛生博覧会』新潮社、一九七九年／新潮文庫
『エロチック街道』新潮社、一九八一年／新潮文庫
『串刺し教授』新潮社、一九八四年／新潮文庫
『原始人』文藝春秋、一九八七年／文春文庫

『薬菜飯店』新潮社、一九八八年／新潮文庫
『夜のコント・冬のコント』新潮社、一九九〇年／新潮文庫
『最後の伝令』新潮社、一九九三年／新潮文庫
『家族場面』新潮社、一九九五年／新潮文庫
『ジャズ小説』文藝春秋、一九九六年／文春文庫
『邪眼鳥』新潮社、一九九七年／新潮文庫
『満腹亭へようこそ』北宋社、一九九八年
『エンガッツィオ司令塔』文藝春秋、二〇〇〇年／文春文庫
『魚籃観音記』新潮社、二〇〇〇年／新潮文庫
『細菌人間　ジュブナイル傑作集』出版芸術社、二〇〇〇年
『天狗の落し文』新潮社、二〇〇一年／新潮文庫
『壊れかた指南』文藝春秋、二〇〇六年／文春文庫
『繁栄の昭和』文藝春秋、二〇一四年
『世界はゴ冗談』新潮社、二〇一五年

戯曲

『スタア』新潮社、一九七三年
『12人の浮かれる男　筒井康隆劇場』新潮社、一九七九年／新潮文庫
『ジーザス・クライスト・トリックスター』新潮社、一九八二年／新潮文庫

『影武者騒動　筒井歌舞伎』角川書店、一九八六年／新潮文庫
『スイート・ホームズ探偵　筒井康隆劇場』新潮社、一九八九年／新潮文庫
『大魔神』二〇〇一年、徳間書店

著作集

『筒井康隆全集』全二四巻、新潮社、一九八三―八五年

＊著作は主要と思われるものにとどめた。
＊原則として単独著を示す。編著、共著、対談などは割愛した。
＊随筆・評論、童話・絵本・漫画、作品集・自選集、および音声・映像作品は含まない。
＊著作は、『書名』出版社、出版年／最新の文庫等を示す。
＊JALInet 筒井康隆（http://www.jali.or.jp/tti/index.htm）、平石滋「筒井康隆　年譜」『筒井康隆の「仕事」大研究』（洋泉社、二〇一〇年）などを参考にした。

（作成・編集部）

インタヴューを終えて　日本現代文学の起源

筒井康隆さんにはずっと興味があった。ノーベル文学賞受賞者である大江健三郎の盟友にして、あの町田康に、自分の大部分は筒井康隆でできている、とまで言わせた書き手とは、いったいどんな人なんだろう。そしてまた、筒井さんが果たしてきた歴史的な役割の大きさも感じてきた。一九七〇年代末の村上春樹デビュー以降、八〇年代を境として、明治から続いた日本近代文学は終わり、日本現代文学が始まった、と僕は考えている。ミステリー、ファンタジー、SFなどのジャンル小説と純文学の境目がそのころ融解し、ポストモダン以降のポップで物語性の高い文学へと日本文学は大きく変貌した。SFと純文学を縦横に行き来する筒井さんは、その展開を準備した巨大な作家として認識されるべき存在である。

今回、筒井さんに直接あれこれ訊けるチャンスをもらって興奮した。本当に質問したかったことを、かなり込み入ったものも含めて正直にぶつけさせていただいた。驚いたことに、筒井さんはどんな面倒くさい質問も拒まずに、すべて正面からきちんと答えてくださった。筒井さんのこの度量の広さには感激した。と同時に、現代日本文学に筒井さんのような作家が今なお存在する幸運を感じた。訊きたいことは具体的には三つだ。筒井さんが外国文学の影響をどう受けてきたのか、そしてフィクションを書く上でどんなことを考えているのか、最後に、やたらと道徳的になってしまった現代日本で、時に不穏な作品をどんな思いで書き続けているのか、である。

まず筒井さんは中南米文学とのつながりを細かく語ってくださった。ガブリエル・ガルシア＝マルケスの『族長の秋』はシュールレアリスムの影響を極度に受けながら、同時に独断的なところがいい、という指摘。フリオ・コルタサルにおける虚構と現実の闘い、そして虚構が常に勝利するところが好きというお話。どれも、つまらない現実を虚構で乗り越え、我々の生きる世界を文学で拡大していこう、という意思に満ちている。日本語の世界で閉じてしまわずに、複数の言語圏の多様なアイディアに自分を開いていこう、という意思が筒井さんの作品を作ってきたのか、と感心した。そして『海』の編集長だった塙嘉彦さんへの尊敬と感謝を筒井さんが語っていたのも印象的だった。すべての秩序を攪乱するような作品を書く筒井さんを支えているのは謙虚さと感謝の念であることがよくわかる。

筒井さんのフィクション論も刺激的だった。作品に登場する人物は、農民も労働者もインテリもすべて等距離に見て、時に誇張しながら滑稽な存在として描き出す。特に誰かに肩入れすることなどはない、という説明には納得した。ここには筒井さんの現象学的な、世界全体をいったん離れたところから観察する、という精神の態度が現れている。だからこそ時代に拘束されずに、自由に飛び回り続けることができるのだ。常に全てを異化して考える、という姿勢には、かつて大江健三郎が『小説の方法』（岩波書店）といった著作で強調していたロシア・フォルマリズムの影響も感じられる。けれども、ただ異化するだけでは読者は付いてこられない。最初に読者の先入観を探り、そこに共振するふりをして、途中から別の方向に移動し、最後にひっくり返すのが創作のこつだ、というお話には納得した。そして、こうした方法を通じて、広い読者が楽しめるにもかかわらず、芸術的には高度な達成を実現しているのだな、と感じた。

エンターテインメント性を持ちながら実験的な作家として、村上春樹、川上弘美、谷川流（涼宮ハルヒシリーズ）を挙げておられるのも印象的だった。ここには、八十代になってもこうした書き手たちとともに現代日本文学を作り上げている、という筒井さんの意識があるのだろう。そのほか、実際に俳優として演技してきた経験が創作の役に立っている、体力が落ちてくるとドタバタを書くのは辛くなる、といった、実作者ならではのお話も興味深かった。僕のような文学研究者はテクストに集中するあまり、その向こうにいる作者の感覚を忘れがちである。実際の作家が発する手触りのある言葉は本当に大切だな、としみじみ感じた。

最後に、道徳的になってしまった現代日本の読者についてである。これについては筒井さんは明快だった。「そういう人は文学の読者ではないので、ほっとけばいい」（二二五頁）。しかしながら、少しでも文学に理解を持ってくれそうな人への働きかけはもちろん必要だろう。狭苦しい常識や良識でがんじがらめになり、息苦しくなった現代日本に少しでも酸素を送り届けることができるのは、依然として文学である。文学不遇の時代の今こそ、むしろ文学の価値は最も高まっているとも言えるのだ。反時代的な不良の文学を今も書き続けてくださっている筒井さんに、ぜひ我々も続かねばならない、とインタビューを終えて強く思った。

都甲幸治 ✷ Toko Koji

一九六九年、福岡県生まれ。東京大学大学院総合文化研究科博士課程、南カリフォルニア大学大学院英文科博士課程。早稲田大学文学学術院教授。専門はアメリカ文学。著書に『偽アメリカ文学の誕生』『21世紀の世界文学30冊を読む』『生き延びるための世界文学――21世紀の24冊』など、訳書にチャールズ・ブコウスキー『勝手に生きろ！』、ジュノ・ディアス『オスカー・ワオの短く凄まじい人生』などがある。

編者紹介

武田将明

Takeda Masaaki

✷

一九七四年、東京都生まれ。京都大学文学部卒。東京大学大学院人文科学系研究科を経て、ケンブリッジ大学でPh.D.取得。法政大学文学部准教授を経て、二〇一〇年から東京大学大学院総合文化研究科准教授。専門は英文学（一八世紀イギリス小説）。二〇〇五年に日本英文学会新人賞佳作、〇八年「囲われない批評――東浩紀と中原昌也」で群像新人文学賞評論部門を受賞。著書に『『ガリヴァー旅行記』徹底注釈 注釈篇』（共著）、「小説の機能」（『群像』に連載）、訳書にデフォー『ロビンソン・クルーソー』、同『ペストの記憶』、ハニフ・クレイシ『言葉と爆弾』などがある。

飯田橋文学会

Iidabashi Literary Club

✷

国内外で活躍する作家、翻訳者、文学研究者などが集い、古今東西の作品のみならず、お互いの書いたものについても意見を述べ合う場として、二〇一三年四月に発足。文学の楽しみをより多くの人と分かち合うとともに、新しい、開かれた文学の交流の場となることをめざす。現在約二十名のメンバーで構成。ウェブサイト iibungaku.com

インタビュー・シリーズ
〈現代作家アーカイヴ〉主催　飯田橋文学会
UTCP（東京大学大学院総合文化研究科附属 共生のための国際哲学研究センター
上廣共生哲学寄付研究部門）
東京大学附属図書館
映像制作・写真　株式会社サウンズグッドカンパニー
船山浩平・松野大祐
写真　川合穂波
書籍編集　一般財団法人 東京大学出版会
小暮 明
書籍編集協力　田中順子
ブックデザイン　アルビレオ

現代作家アーカイヴ2
自身の創作活動を語る

2017年12月5日　初　版

［検印廃止］

著　者　谷川俊太郎　横尾忠則
　　　　石牟礼道子　筒井康隆

編　者　武田将明　飯田橋文学会

発行所　一般財団法人　東京大学出版会
　　　　代表者　吉見俊哉
　　　　153-0041　東京都目黒区駒場4-5-29
　　　　http://www.utp.or.jp/
　　　　電話　03-6407-1069　Fax 03-6407-1991
　　　　振替　00160-6-59964

組　版　有限会社プログレス
印刷所　株式会社ヒライ
製本所　牧製本印刷株式会社

ISBN 978-4-13-083072-0　Printed in Japan